Таємниця козацької шаблі

УДК 821.161.2'06-32-93
М 50

«Таємниця козацької шаблі» —
ця гостросюжетна повість відомої
української письменниці Зірки Мензатюк
увійшла до шкільної програми за 5-й клас.
Усе почалося з того, що в сімейства Руснаків
з'явилася Машка — старенька, пошарпана, а все ж
нічогенька машина. А далі один пришелепкуватий привид
повідомив, що давня козацька реліквія може втрапити в погані
руки... Шалені перегони, смертельні пастки, нові знайомства
з класними й не дуже класними хлопцями, небезпечні, сповнені
містики і захвату мандрівки стародавніми замками України
у пошуках козацької шаблі... Не відірвешся, доки не дочитаєш.

Для середнього шкільного віку

Зірка Мензатюк
ТАЄМНИЦЯ КОЗАЦЬКОЇ ШАБЛІ *(нова редакція)*

Редактор: Іван Малкович

Свідоцтво: серія ДК, № 759 від 2.01.2002
Адреса видавництва: 01004, Київ, вул.Басейна, 1/2
Поліграфія: ПрАТ «Білоцерківська книжкова фабрика». Зам. 22-276

ISBN 978-617-585-169-2

www.ababahalamaha.com.ua

ЗІРКА МЕНЗАТЮК

ТАЄМНИЦЯ КОЗАЦЬКОЇ ШАБЛІ

Пригодницька повість

НОВА РЕДАКЦІЯ

А·БА·БА·ГА·ЛА·МА·ГА

Розділ 1,
у якому з'являється Машка

Спочатку познайомимося з Машкою.

Вона не дуже гарна, хоча вважає себе красунею. У неї великі, ясні кришталеві очі — ото через них і зроджуються Машчині претензії на красу. Вночі вони пронизують темряву, наче ніж розм'якле масло. Але більше їй нема чим похвалитися. Машка давно вже не першої молодості, щоб не сказати підстаркувата. Їй не завадило б підфарбуватися. Рясні подряпини теж не додають їй принадності. Ззаду в неї наліплена трохи облізла наклейка з собакою, тому що першим Машчиним власником був якийсь професор, великий любитель псів.

— Наклейку треба здерти, — сказала мама, оглядаючи Машку, яку тато щойно придбав.

Ви, певно, здогадалися: Машка — звичайний автомобіль-легковичок вітчизняного виробництва. Хоча ні, не такий уже й звичайний. Часом з Машкою траплялися дивні речі. Але цього ще ніхто не знав.

— Мій друже, тобі підсунули непотріб. Глянь, яке тут усе бруднюче, — сказала мама татові й докірливо похитала головою.

Вона принесла ганчірку й відро з водою і заходилася шкребти, драїти, витирати автомобіль зовні і всередині, а Наталочка з татом їй допомагали. Вони вимили дверці, панель приладів, довго вибивали й вишуровували сидіння, аж ті врешті стали майже чистими. Коли черга дійшла до заднього скла з наклейкою, мама втомлено махнула рукою:

— Ну її, хай лишається. Я вже геть замориласяя.

— Як на мене, то ця псюка навіть кумедна, — сказала Наталочка. — Мені вона подобається. І машина подобається теж.

Авто по-змовницьки підморгнуло їй правою фарою. Але, мабуть, це тільки здалося. І все ж воно явно повеселішало. Його очі-фари, протерті чистою ганчіркою, засяяли, пускаючи сонячних зайчиків.

— Справжнісіньке старе одоробло, — скрушно проказала мама, стоячи перед помитою машиною. — Мало того, що облізле. Воно ще й червоного кольору. Помідор, а не авто.

— Дівчата, що ви! Це ж чудовий колір! — заступився тато за свою обраницю. — Червоні машини здалеку видно, тому вони безпечні на трасі. А ще цей відтінок має дуже романтичну назву: «корида».

— Не знаю, що спільного в кориди з помідорами, — мама невдоволено знизала плечима. — До того ж тут нема кондиціонера. І несправне радіо.

— Дівчата, ви не розумієте! — загарячкував тато. — Найголовніше в автомобілі — ходова частина. А в цієї машини — просто прекрасна ходова!

Він бадьоро вдарив ногою по колесу — і в ту ж мить блискучий і не аж так сильно поіржавілий ковпак з брязкотом відпав і покотився по асфальту.

— Хорр-роша ходова! — засміялася мама. — Клепки розсипаються.

— Це всього-навсього ковпак, — боронився тато. — Ось давайте проїдемось, і тоді побачите.

Він приладнав на місце поіржавілий ковпак і хотів було сісти за кермо, але мама його випередила. Вона саме закінчила курси водіїв і тепер зібралася показати, чого навчилася. Наталочка вмостилася поруч з мамою на передньому сидінні, а татові нічого не лишалося, як сісти позаду.

— Теж мені, розвели матріархат, — бурмотів він. — Можемо рушати!

Мама взялася за кермо, наче справжній водій-ас. Натиснула на педаль зчеплення, тоді на газ, але авто чомусь раптом засмикалось і заглухло.

— Вйо, Машко, не брикайся, — сказала мама і знову завела двигун.

— Ха-ха, Машка! — засміялася Наталочка. — Так її й назвімо!

Відтоді в машини з'явилося ім'я.

З другого разу вони рушили вдало, і Машка жвавенько побігла вулицею.

— А що я вам казав, дівчата, — торжествував тато на задньому сидінні. — Не машина — звір! Можеш перевірити ще й гальма.

Мама притьмом надавила на педаль, і — бум! — Наталочка врізалася лобом у вітрове скло, аж загуділо.

— Хто так гальмує? — залементував тато.

У Наталочки на лобі поволі наливалася велика синювата ґуля.

— Я не винна, я гальмувала правильно. Це твоя Машка з вибриками, — виправдовувалася мама.

Тато розсердився ще дужче.

— Ти не вмієш водити машину! Чого тебе на курсах учили! — розрепетувався він і не заспокоївся, поки сам не сів за кермо.

Назад до будинку вони під'їхали пересварені й набурмосені, а Наталочка світила ґулею.

Як на те, біля під'їзду стовбичив татів приятель пан Богдан, історик, мандрівник і взагалі вельми цікавий чоловік. Він заусміхався, побачивши тата за кермом.

— О, панство Руснаків купили собі машину! — і зрадів, і здивувався він.

— Еге, — кивнув тато, знову просяявши, наче повен місяць на небі. — Поїдемо на море своїм ходом.

— Гм, на море, — повторив пан Богдан загадковим голосом, що обіцяв цікаве продовження.

Мама запросила гостя в хату, і невдовзі вони сиділи за обіднім столом, смакували борщем зі свіжими пампушками й обговорювали Машчині переваги. І тоді пан Богдан сказав таке, від чого Наталоччина душа затрепетала.

— Добре, що ви придбали машину, — сказав він. — Тепер ви зможете врятувати одну дуже цінну старовинну річ, нашу історичну реліквію, якій загрожує небезпека або навіть знищення.

Розділ 2,
у якому з'являється патріотично настроєний привид

— Ну знаєте! Це як у казці: піди туди, не знаю куди, принеси те, не знаю котре! — обурилася мама, коли пан Богдан пояснив, у чому річ.

А йшлося ось про що. У пановій Богдановій квартирі на Русанівці почав з'являтися один привид, дуже патріотично настроєний. Зазвичай, це траплялося у дні національних свят чи після мітингів, бо привид любив обмінятися з паном Богданом враженнями. А позавчора він завітав несподівано, украй розхвильований. Розмахував руками і вимагав найрішучіших дій. Виявилося (якщо пан

Богдан усе правильно зрозумів), що одній дуже цінній старовинній реліквії загрожувала небезпека.

— Може, то статуетка індіанського божка з чистісінького золота? — замріяно прошепотіла Наталочка, що начиталася книжок про індіанців.

Але пан Богдан вважав, що йдеться про реліквію українського походження, бо привид-патріот неймовірно хвилювався.

На лихо, привид не вмів до ладу пояснити, де шукати цінну річ. Він намагався витлумачити це жестами, адже привиди, як відомо, здебільшого не розмовляють.

— Він спілкується жестами глухонімих? — діловито поцікавилася Наталочка, бо хлопці в школі навчили її кількох таких жестів, тож вона почувалася знавцем.

— У тому й річ, що ні, — відповів пан Богдан. — За життя той привид був звичайною людиною і мови глухонімих не знав, а після смерті, як я гадаю, вже нічого не можна навчитись. Тому він часом застосовує, так би мовити, деякі загальнозрозумілі жести... Однак мені вдалося з'ясувати, що загадкова реліквія загублена на місці старого бойовища — можливо, в замку чи в фортеці на заході України.

Ох ти ж! Наталочка облизалася. Відколи вона живе на світі, то жодного разу ще не бачила ні фортеці, ні замку. Щоправда, в Києві збереглася фортеця-тюрма, яку збудували за наказом російського царя. Але вона сумна й понура. Тепер у ній музей, там на кожному кроці набридливі музейні тітоньки. Тільки й чуєш щохвилини: дівчинко, не скачи, дівчинко, не заходь за стрічку, дівчинко, не чіпай руками експонати. Невже десь є інші фортеці — з замшілими мурами, глибокими підземеллями і несподіваними дивами?

Пан Богдан сказав, що є.

— То треба негайно рушати! — запалилася Наталочка.

Але мама вважала інакше. Мама хотіла знати більше «конкретики», адже замків, фортець і старих бойовищ в Україні хтозна-скільки.

— Що ж, тоді з'ясуйте усе самі, — запропонував пан Богдан. — Приходьте до мене завтра ввечері, коли посутеніє. Привид точно з'явиться, бо він хвилюється за реліквію.

Оце так! Фортеці, замки, а на додачу ще й зустріч із привидом. Наталочка сяяла! Чи, бува, не про такі випадки кажуть: шелеп — щастя в хату!?

Назавтра вона вбралася в нову сукенку, найкращу зі своїх обновок. Мама зробила собі пишну зачіску, бо як-не-як — її побачить незнайомий чоловік, дарма що привид. А тато вдягнув вишиванку, мабуть, для того, щоб привид не подумав, буцімто Руснаки — не патріоти. Отак причепурившись, вони подалися на Русанівку до пана Богдана.

— Привид ось-ось з'явиться, — попередив пан Богдан, заслонюючи вікна, щоб стало темніше.

— Тобі, Наталочко, краще притримати язик за зубами, — докинула мама.

— Ну й подумаєш, — відповіла дівчинка і стисла губи.

У кімнаті запала тиша. Всі сиділи мовчки. Знадвору від дніпрової затоки чувся соловейко, шурхали кроки перехожих, які в цей благодатний вечір вийшли на прогулянку. Сутінки поволі густішали. Р-р-рип! — раптом прочинилися двері, і в них постало щось біле, з жовтими очима, що світилися.

— Ох! — ледве видихнула мама, відчуваючи, як у неї здерев'яніли ноги, а волосся, псуючи зачіску, притьмом полізло догори.

— Няв! — відповіла їй біла з'ява.

— Не лякайтеся, це мій кіт Мурлика, — заспокоїв їх пан Богдан і взяв кота на коліна.

Знову потяглося чекання.

— Може, він не прийде? — ламким голосом спитала мама.

Наталочка відчула розчарування і... полегкість. Ні-ні, вона не боялася, просто їй якось мулько сиділося.

Пан Богдан не встиг відповісти мамі, бо серед кімнати враз заколихалася світла постать. Усе сталося напрочуд просто й природно.

Привид закивав головою і почав кланятись. Колись він вочевидь був чемною людиною.

— Добрий вечір, шановний, — відповів йому господар, бо гості ще не оговтались. — Оце і є панство Руснаків, про яких я тобі розказував. Поясни нам ще раз про ту реліквію.

Привид закивав головою ще жвавіше. Спочатку він показав на вікно, за яким догасало вечорове небо над Дніпром.

— Я ж вам казав, що це на заході, — коментував пан Богдан.

Привид провів руками, ніби щось розгладжуючи, а потім над тією уявною лінією окреслив щось високе.

— А може, він каже про острови Баунті й золотого божка? — прошепотіла Наталочка.

— Ти не можеш бодай хвильку помовчати? — розсердилася мама, а привид покрутив собі пальцем коло скроні. Мабуть, це й був один з тих жестів, про які попереджав пан Богдан.

Привид знову змалював у повітрі ту саму

картину й замахав рукою, мовби фехтуючи шаблею.

— Напевно, йдеться про місце бою, — загомоніли дорослі, і привид задоволено кивнув.

Далі він прибрав щонайповажнішого, ба навіть доволі суворого вигляду, випнув груди і підняв праву руку.

— Це, мабуть, воїн із шаблею...

Привид не заперечував. Але далі заквапився, загарячкував — розмахував руками, хапався за голову, показував на кишені.

— Може, він каже, що ми знайдемо багато грошей? — завагалася мама.

Тут привид скрутив дулю, а пан Богдан пояснив, що, либонь, мова йде про коштовну річ. І тією річчю заволодів користолюбний чоловік, тому привид і хапається за голову.

— Отже, на заході, на місці великої битви... — підсумовувала мама, а привид схвально кивнув, — битви, мабуть, козацької?..

Привид кивнув.

— Так-таки-так, — усміхнулася мама. — І там є якась коштовна реліквія, яка потрапила в чиїсь непевні руки. І ця реліквія — це...

— Шабля!

— Булава!

— Золотий кинджал! — в один голос вигукнули пан Богдан, тато й Наталочка.

Привид затряс головою, скрутив одразу дві дулі, беззвучно затупотів ногами і... зник.

— От завжди так, — скрушно зітхнув пан Богдан. — Мабуть, їх з того світу відпускають ненадовго.

— Але ми вже знаємо! Можна їхати! — загаласувала Наталочка, що втомилася майже тримати язик за зубами.

— Може, краще звернутися до поліції? — почухав потилицю тато.

— Якби ж було з чим! — докірливо зиркнув на нього пан Богдан. — Що, написати заяву, пославшись на привида? У нас, м'яко кажучи, малувато фактів.

— Малувато... — погодився тато. — Якщо вони взагалі є. Десь начебто знайдено шаблю. Але де? Замків на заході багато. Козацьких битв у нас було чимало. Це ж скільки треба спалити бензину, щоб об'їхати усі ті місця...

— Але найбільша битва — під Берестечком! Битва війська Богдана Хмельницького з поляками у червні 1651 року, — заявила Наталочка, гордо демонструючи свої знання з історії.

— Дитина каже правду, — підтримав її пан Богдан.

Мама схвально кивнула головою.

— Кожен порядний українець має побувати в Берестечку, — мовила вона. — Це ж якраз буде дев'ята п'ятниця після Великодня, роковини битви. З'їдуться люди з усіх усюд. Може, хтось знатиме і про реліквію. Отже, вирішено: ми їдемо в Берестечко.

Розділ 3,
у якому з'являється елегантний незнайомець

Отож Руснаки зібралися в мандрівку. Тато позичив у пана Богдана намет і карту автошляхів України, мама напекла пирогів, пампушок, млинчиків, насмажила котлет і наварила повний термос кави. Наталочка зробила яскраву наклейку «На Берестечко!» і, на превелику мамину втіху, наліпила її поверх тієї, яку не вдалося відмити.

За кермо сів тато.

— Бо ти не вмієш гальмувати, — заявив він, і мама мусила з цим змиритися.

Вона вмостилася поряд з татом, поставивши коло ніг кошик з пампушками. Наталочці дісталося заднє сидіння. І, правду кажучи, їй там було непогано. Вона сиділа, наче юна королівна на троні, і знімала на мобільний усе, що бачила.

Машка помчала, наче жвава конячка. Ледь вихопилися на трасу, як вона хвацько обігнала вантажівку з трактором у кузові, водій якої, збочивши вправо, галантно поступився їм дорогою. За вантажівкою вони обігнали комбайн, а згодом і віз, навантажений сіном.

— А що я вам казав, дівчата? — торжествував тато. — Машка звір, а не машина! При обгоні це видно найкраще.

Мама й Наталочка погодилися, що Машка таки звір. Мандрувати в ній було приємно! Машка мчала трасою, її двигун вуркотів, мов ласкавий кіт, а в ледь прочинені вікна вривався теплий вітер, що пах липовим цвітом і куйовдив Наталочці чубчика.

— Літаком мандрувати добре, там летиш собі понад хмарами, — вголос міркувала дівчинка. — Поїздом теж добре, бо можна залізти на верхню полицю. Але в ньому не спинишся, де заманеться. А мені завжди кортіло нарвати квітів на луках, які ми проминали.

— То нарви! — засміявся тато й зупинив машину.

Обабіч дороги лежала широка долина річки Ірпінь, і Наталочка пірнула у розсип лугового цвіту. Швиденько назбирала ромашок, рожевої конюшини, а тоді помітила чудову парасольку лілового сусака, що здіймався при березі. Потяглася за ним, та враз її ноги посунулися кудись униз, перед очима змигнула лепеха, і... вона шелеснула у воду.

— Лишенько! — забідкалася мама, коли Наталочка причвалала до машини, мокрісінька з голови до п'ят. — Не встигли виїхати, а вже такі пригоди.

Гай-гай, вона не знала, що їх чекало! Це поки що була тільки невинна дорожня оказія. Наталочка перевдяглася у вишиванку, призначену для завтрашніх урочистостей, мокру одежину розстелили під заднім склом, щоб просихала, і рушили далі.

Тато знову хвацько обганяв автомобілі:

ту ж вантажівку з трактором у кузові, цементовоз і навіть шикарний «Мерседес», що саме зупинявся. Перелітали поля й села, минали чепурні обійстя, обсаджені садками, трояндами й калиною. Троянди цвіли, садочки-райочки наливалися плодом.

Часом при дорозі бабусі в білих хустках продавали огірочки, черешні, полуниці, свіже молоко. Мама купила стиглих, медових черешень, і тепер, ласуючи ними, Наталочка сиділа на черешневих кісточках, мов принцеса на горошині.

— Що за краса ці села! — захоплювалася мама. — Які садочки, які ставочки, а які назви, ах! Ставища, Мрія, Царівка...

Вони минали Калинівки й Любимівки, Іванівки й Василівки, Ганнівки й Варварівки, і мама щоразу казала: ах!

Наталочка сиділа з премудрим виглядом, мов цар Соломон на престолі, і теж розмірковувала:

— Виявляється, в машині можна не тільки їхати. У ній зручно плести віночки, їсти черешні і навіть сушити футболку з шортами. Мені наша Машка подобається!

— І дорожні знаки теж хороші, — додала вона по хвилі. — Особливо круглі. Взимку ми на одному такому каталися, наче на санях.

— Цих знаків треба слухатися, — зауважив тато. — Адже вони щось забороняють: повертати, або зупинятися, або швидко їхати.

— Он як? — здивувалася Наталочка. — Тоді, мабуть, кращі оті трикутники з червоними краями. Вони не дуже суворі?

— Саме так; вони попереджають про те, що нас чекає на трасі.

У це було важко повірити. Бо про що, скажіть, будь ласка, може попереджати пляшка без дна? Або косий хрест?

— То не пляшка, а звуження дороги. А хрест позначує перехрестя, — пояснював тато. — Придивляйся до них пильніше, тоді все збагнеш.

І Наталочка придивлялася. На наступному трикутнику був зображений олень.

— Зрозуміло! Тут на дорозі гуляють олені!

Проте хоч скільки вони їхали, оленів так і не зустріли. Певно, знак поставили помилково. Дорога стелилася, ніби хтось розмотував безкінечний сірий сувій. Обабіч летіли кучеряві посадки, а вгорі пливла хмарка, бо й вона подалася в мандри.

— Сьогодні я мила руки у Здвижі, в Тетереві, побродила в річці Горинь за містечком Гощею, а в Ірпені навіть скупалася, щоправда, ненароком, — перелічувала Наталочка, загинаючи пальці. — Під Житомиром у сосновому бору ми обідали, в Новограді-Волинському пили каву, а над Горинню підвечіркували.

— Машці теж пора підкріпитися, бо вже кінчається бензин, — сказав тато.

Вони звернули на першу-ліпшу заправку, що трапилася по дорозі, і Наталочка встала розім'ятися. За ними різко загальмував чорний джип із затемненими вікнами, з якого вийшов хлопець і теж став проходжуватися, злегка накульгуючи. Мабуть, засидів у машині ногу. Він був елегантний і модний до неможливості, зачесаний так гладенько, що волосся лежало, мов прилизане, тільки на маківці настовбурчувалося двома невеличкими горбочками.

— Хочеш, я вгадаю, куди ви їдете? — спитав він, окинувши оком Наталоччину вишиванку. — В Берестечко, на завтрашні урапатріотичні урочистості.

Дівчинка ствердно кивнула, і на його губах заграла скептична посмішечка:

— Х-ха! Помітингуєте, поспіваєте «Ще не вмерла», покричите «слава» й «ганьба». Твої старі взялися за твоє патріотичне виховання, так?

— Ніхто ні за що не брався, — відказала Наталочка. Насмішкуватий тон незнайомця зачепив її за живе. — Мені самій цікаво. І ми не просто мандруємо, ми ще й... маємо дуже важливу справу.

У хлопця в очах зблиснуло зацікавлення (ага, знай наших!), але тут-таки й згасло, сховавшись за лінькуватим іронічним прижмуром:

— О-о, у вас, виявляється, справа... Якщо

ви хочете знайти реліквію, то навіщо їхати в Берестечко?

Наталочка оторопіла.

— Звідки ти знаєш про шаблю? — вражено спитала вона.

— Отже, і це я вгадав. Два—нуль на мою користь: шаблю шукаєте ви, — засміявся незнайомець і пояснив ошелешеній Наталочці: — Ми теж її шукаємо. Та ж ситуація: привид і так далі.

Он воно що. Напевно, привид просто перестрахувався. З'явився не тільки до пана Богдана, а й до цих людей. От і вся розгадка. Трохи прикро, але що вдієш. Може, Руснаки видалися йому не надто тямущими?

— Мене звати Антип, — відрекомендувався хлопець. — То навіщо ви їдете в Берестечко?

— Як навіщо? Шабля десь на бойовищі чи в фортеці. Найімовірніше під Берестечком, бо то місце великої битви.

— От-от, саме це я й мав на увазі. На бойовищі чи в фортеці, — наголосив Антип на останньому слові. — А ви обрали, що більше до вподоби. Вам аби не проґавити свята, помітингувати, пісень погорлати. Ох, ці щирі українці!

— Ми не забули про фортеці, — похмуро зауважила Наталочка. — Якщо в Берестечку нічого не відшукаємо, то напевно завернемо в Олесько...

— Але на мітинг — обов'язково, — пирхнув Антип. — На Козацьких Могилах буде тлум, юрби народу. Там музей, заповідник, і вже давно знайдено все, що можна було знайти. Туди нема чого їхати, тільки час змарнуєте.

Наталочка зніяковіла. Схоже, хлопець казав правду. В Берестечку буде тлумовище. Можливо, ці люди знають про шаблю трохи більше? Може, привид пояснив їм зрозуміліше?

— Фортець та замків є чимало — в Олеську, в Хусті, в Кам'янці-Подільському, — правив своєї Антип. — Раз уже ми займаємось однією справою, то треба діяти злагоджено. В одні фортеці їдьте ви, а в інші — ми. Так швидше досягнемо успіху.

Він гарно придумав, але... Дівчинка тільки

зітхнула. Він не знав Наталоччиної мами. Минути Берестечко, бувши за крок від нього? Та ще й тоді, коли туди їдуть усі порядні українці? Ні, цього їй краще не казати.

— А ти й не кажи... Навіщо все розказувати? Краще й не згадуй, що шаблю ще хтось шукає... — засміявся Антип. — Чи ти ніколи не хитрувала? От і схитруй: коли їхатимете через Дубно, підмов батьків зупинитися і розпитай про шаблю в тамтешньому замку.

— У Дубні теж є замок?

— Авжеж. Непогано збережений і досить відомий. Ти хіба не читала «Тараса Бульбу»?

— Читала. То це той самісінький замок? З підземним ходом, як у книжці?

Антип заговорив про дубенські підземні ходи, в яких міщани зберігали вина і скарби, про золото й коштовну зброю володарів замку князів Острозьких.

— Якщо знайшли княжу шаблю, то уявляєш, яка вона?

Наталочка уявила. В її очах заряхтіли діаманти.

— І таку шаблю врятують завдяки тобі! — лукаво підморгнув Антип. — Бо це ти придумаєш зупинитися в Дубні. Ти напитаєш її сліди. Чого доброго, станеш відомою на всю Україну!

— Та нууу... — заперечила дівчинка, але її очі зачаровано заблищали.

От якби й справді так сталося! Мама здивувалася б... І тато, і дядько Богдан... І привид більше не крутив би їй дулі... Авжеж, задля цього варто трішки схитрувати.

— Не хвилюйся, ми повернемо в Дубно. Я вмовлю батьків, — сказала вона.

— От і добре. А ми тим часом рвонемо до Кам'янця-Подільського.

Діти попрощалися, і Наталочка побігла до Машки, яку давно заправили.

— Гляди ж, не підведи! — гукнув услід Антип.

Усмішка щезла з його лиця, тонкі губи стислися, а в очах зблисли червонясті вогники. Але Наталочка цього вже не побачила. Вона похапцем відчинила двері машини, і раптом мобільний висковзнув їй із руки, торохнувшись об бровку. По екрану віялом розповзлися тріщини. Телефон більше не вмикався — Наталочка марно клацала кнопками.

— Що, розбила? Уже приробилася? — суворо спитала мама.

Дівчинка набурмосилася. Радісний настрій згас, натомість з'явилося відчуття тривоги, хоч для неї не було причини.

Машка бадьоро вихопилася на трасу і знову обігнала вантажівку з трактором, водій якої помахав їм рукою, як давнім знайомим.

— Ох дівчата! — скрушно мовив тато. — Цю вантажівку ми обганяємо вп'яте. Давайте їхати без зупинок.

Мама не заперечувала. Вона щойно купила гарячу кукурудзу, і вони з Наталочкою тут же вгризлися в неї зубами.

Але тато теж хотів кукурудзи. Він і собі взяв качан, а кермувати вирішив однією рукою. Тим більше, що траса була порожня. Раптом з-за повороту вигулькнув автомобіль. Тато схопився за кермо обома, а качан затис у зубах.

— Тату, ти як мексиканський бог кукурудзи! — сказала Наталочка.

Водій зустрічного легковичка отетерів. Недавно він дивився фільм про страховисько з іншої планети. І ось воно їхало йому назустріч. Чудовисько з ротом від вуха до вуха сиділо в червоному авто й вищиряло великі жовті зуби. З того дива водій легковичка забув кермувати. Легковичок пішов вихилясом, мало не злетівши з дороги. За ним покривуляла зигзагами вантажівка, а біла «Вольво» різко спинилася, зіскочивши на узбіччя.

— Любий, вийми з рота кукурудзу, — сказала мама татові. — Бо зустрічні автомобілі поперекидаються в канаву.

— Зате ми доїдемо до Дубна без зупинок! — засміялася Наталочка. — Але в Дубні мусимо зупинитися, будь ласка! Там є замок... Шаблю могли знайти й там...

— Що ж, можна й зупинитися, — напрочуд легко погодилася мама. — В Дубні принаймні заночуємо в готелі.

Розділ 4,
у якому плани несподівано міняються

Дубно виявилося чистим затишним містечком, яке Наталочці відразу припало до душі. Замок стояв у самісінькому центрі, доглянутий і напрочуд мирний. Його оточував широкий рів, по дну якого вилася мальовнича стежка; над ровом височіли сиві мури, увінчані дерезою, мов густими зеленими чубами; над в'їзною брамою красувався старовинний герб, а під її склепінням тулилися численні ластів'ячі гнізда. Замковий двір дихав спокоєм і літом. Ним вешталися численні туристи, й екскурсоводи розказували їм усілякі дива.

Руснаки й собі зазирнули в кожен куток, оглянули вежі й палаци. В одному з них справді колись зберігалися коштовності князів Острозьких, але все те заграбастав російський цар Петро І та й вивіз у свою північну столицю — в Петербург.

— Ач, обчухрали замок, як липку, — обурювалася мама. — А тепер ще й шабля в невідомо чиїх руках.

Наталочка поспішала спуститися в підземелля, проте вони її розчарували. Там кожен закуток був старанно виметений та побілений, і скарбами навіть не пахло.

— Чи підземні ходи хоча б довгі? — знічев'я поцікавилася вона.

— О так, вони тягнуться аж до Нової Дубенської фортеці, або Тараканівського форту, як її ще називають, — охоче пояснив екскурсовод. — Але самим відвідувати його надто небезпечно. Можете замовити екскурсію...

Проте форт Руснаків не цікавив. Натомість Наталочка розпитувала про шаблю, але всі, до кого вона зверталася, лише знизували плечима. Екскурсоводи і чергові в музейних залах були одностайні: навряд чи шаблю могли знайти в Дубні. Це була б сенсаційна знахідка, і в їхньому містечку про це знали б усі.

Проте Руснаки все ж обійшли прилеглі до замку вулички, заводячи мову про шаблю з неквапливими дядьками, балакучими жіночками й рибалками над тихоплинною річечкою Іквою, та все — надаремно. Врешті вони повернулися до готелю. Шаблі не було, і з цим належало змиритися. Принаймні її не було в Дубні.

Дівчинка сіла біля готельного вікна й замріяно задивилася, як сонце спускалося за міські дахи. День минав, залишивши їй купу вражень. Знизу долинав легкий гомін, шурхотіли неквапні кроки. Гурт молоді, отаборившись на лавочці під готелем, раз по раз вибухав гучним сміхом. Серед цього гамору хтось наполегливо вигукував: «Наталю! Наталь!..»

Голос видався їй знайомим. Наталочка вихилилася з вікна, роздивляючись, хто ж то гукає?

Внизу стояв... Антип. Побачивши її, він замахав руками — мовляв, виходь скоріш!

«Антип тут, у Дубні?» — неабияк здивувалася вона.

— Мам, я вискочу на хвилинку! Там... той, хлопець із бензозаправки, — скоромовкою випалила Наталочка й вилетіла за двері, перш ніж мама бодай щось уторопала.

Антип, як і вдень, був супермодний і прилизаний, хоча й досі накульгував на ногу.

— У чому справа? Що сталося? Чому ви не поїхали в Кам'янець? У вас поламалася машина? — дівчинка обсипала його запитаннями, як горохом.

Але Антип проігнорував їх, ніби й не чув.

— Ми вернулися ледь не з півдороги, — загадково повідомив він. — Маю важливу новину. Власник шаблі уже напитав покупця і навіть домовився про зустріч. І знаєш, звідки він? З Дубна! А покупець — з Кам'янця-Подільського, ха-ха! Так що ми з тобою вгадали, де шукати, чи не правда? — засміявся хлопець.

Мабуть, відгадування таємниць було його хобі.

— Зустріч завтра вранці, але не вдалося з'ясувати, де саме: чи то в Кам'янці на Турецькому мості, чи під Дубном у Тараканівському форті. Тому ми й вернулися. Потрібна твоя допомога.

Наталочка злегка зашарілася. Он як, цим людям вона потрібна. І неважко вгадати, навіщо: раз невідомо, де зустріч, то треба чатувати в обох місцях.

— І все ж мені дивно, — задумалася дівчинка. — Власник з Дубна, а в місті про шаблю ні слуху ні духу.

— Ото бачиш, який він обережний? У цьому й проблема. Значить, намислив щось лихе.

— Це все вам розповів привид? — перепитала Наталочка.

— Не нам, а нашим знайомим у Києві.

— Але як він сказав, про які міста йдеться? Він що, пояснив це, розмахуючи руками?

— Та просто... Йому показали карту, і він тицьнув, куди слід, — знизав плечима Антип.

Дівчинка зніяковіла. Ці люди справді тямущіші, ніж Руснаки. А вона ще й випитує, ніби недовіряє.

— І що ж нам треба зробити? — поцікавилася вона.

Авжеж, піти в Тараканівський форт, як вона й гадала. Але — їй самій, без батьків. Антип з досади аж зітхнув. Що вдієш, іншої ради нема! Треба з'ясувати, хто ці люди, принаймні запам'ятати номер їхнього автомобіля. Та коли в форті зловмисники побачать кого-небудь стороннього, це їх наполохає. А от на дітей зазвичай не звертають уваги...

— То підеш? Не будеш боятися? — запитливо глянув на неї Антип.

Чомусь недоречно пригадалося, що форт небезпечний, принаймні так казав екскурсовод. Проте Наталочка рішуче стріпнула чубчиком:

— Ото ще! Я не боягузка. Аби лиш батьки дозволили.

— А навіщо їх питати, коли можна схитрувати? Бачиш, я вже заговорив віршами, —

Антип з полегкістю розсміявся. — Якщо тебе не пустять, усе полетить шкереберть. Тому я придумав дотепний план...

Він розказав, як владнати справу. Все просто й легко. Батьків доведеться обманути... Задля шаблі, задля її врятування. Трохи мулько на душі, але то нічого.

За розмовою не зогледілись, як дійшли до замку. Стали на містку перед в'їзною баштою, задивилися на старі пощерблені мури.

— Скільки тут точилося боїв, — задумливо мовив Антип. — Навколо замку і навколо Дубна... Ти чула про битву під Плоскою?

— Під чим, під чим?

— Отже, не чула. Є таке село — називається Плоска. Недалеко звідси. Шаблю могли знайти й там.

У теплому небі над ними шугали ластівки, за Іквою кумкали жаби, пахло вечором, літом і ще чимось незбагненним, що не мало імені, але витало в повітрі — присмак небезпеки, шал боїв, що колись тут відкипіли. Антип розповідав — о, він умів розповідати!

...Зранені козацькі полки відходили з-під Берестечка. Щохвилі могли напасти поляки. Щоб їм завадити і вберегти військо, яке відступало після нещасливої битви, полковник Іван Богун виставив під Плоскою заслону з шестисот козаків. Шістсот сміливців проти ворожої навали!.. Козаки стали табором: оточили себе возами, скували їх залізними ланцюгами, обсипали земляним валом. Билися, як чорти (бо чорти хвацько б'ються, — лукаво підморгнув Антип). Багато їх полягло. На полі й досі стоять кам'яні хрести.

Дівчинка слухала, мов заворожена. Сумна та велична картина поставала в її уяві. Поле, сковані вози. І козаки, приречені на загибель. Верхи на конях налітає шляхта... Дим від пороху... Іскри з-під шабель... Шалений зблиск очей... І гаряча кров, і смерть. Ось захитався молодий козак, шабля-домаха випала йому з руки...

— Чимало шабель знищено, тому що з них робили найкращі ножі, щоб колоти свиней. Різники платили за них великі гроші.

— Різницькі ножі? Зі звитяжної зброї? — від гніву Наталочці потемніло в очах. Та вона зробить що завгодно, тільки б спинити таку наругу!

— Зроби, як домовилися, — вдоволено засміявся Антип.

Наталочка кивнула на знак згоди. О, вона не відступиться, вона вміє бути впертою! Як то кажуть, вперта коза — вовку користь, хоч здається, ця приказка тут не до речі... Словом, Наталочка зробить усе, що належить.

Увечері вона довго не могла заснути. Чи то муляла готельна подушка, чи неспокійні думки роїлися в голові. Думала про шаблю: невже вона й справді така коштовна? Думала про Антипа, модного, розумного, упевненого в собі... Чимось він їй не подобався. Певно, занадто гордий. Знов і знов думала про Тараканівський форт, і передчуття біди проймало її душу.

А коли заснула, їй приснився зажурений козак. Він дивився на неї з сумним докором. «За самий держак моєї шаблі давали мені найкращий табун коней і овець три тисячі. А ти не вберегла її», — казав Наталочці хтось невідомий — чи то засмучений козак, чи, може, Андрій Бульбенко з повісті Гоголя? І Наталочка уві сні металася, переверталася з боку на бік, вгадувала й не могла вгадати, в чому її провина.

Розділ 5,
у якому ніхто не з'являється, натомість Наталочка пропадає

Умовити батьків, щоб повернули до Тараканівського форту, виявилося складнішою справою, ніж гадалося. Тато подзвонив до пана Богдана, і той сказав, що вчора привид буквально шаленів, хапався за голову й крутив пальцем біля скроні. Пан Богдан побоювався, що Руснаки вшелепали якусь дурницю, і коли досі не втрапили в халепу, то ось-ось неодмінно втраплять. Тому тато був похмурий і настороженений, а мама квапилася в Берестечко і про форт не хотіла й чути.

Сніданок минув у суперечках. Наталочка комизилася, бурмосилася, навіть трошки заплакала, хоч нелегко вичавити сльозу, коли це найдужче потрібно. Батьки лишалися незворушні. Мабуть, найкраще було викласти їм усю правду, тільки ж і Наталочка затялася. Вона обіцяла Антипові мовчати, і її обіцянка не буде цяцянкою, яка лиш дурневі на втіху. Коли вже сідали в машину, вона заскімлила так відчайдушно, що тато врешті не витримав:

— Та добре вже, добре, повернемо в той твій форт. Тільки ж ненадовго.

— Ти знов потураєш її забаганкам, — суворо зауважила мама.

Наталочка шморгнула носом і засяяла, як нова копійка.

За селом Тараканів вони з'їхали з траси на вузьку шосейку й опинилися в лісі. Дівчинка принишкла: десь зараз мав бути поворот до форту, але Антип радив їй заходити з іншого боку. На щастя, жодних покажчиків на дорозі не було, тож тато благополучно проскочив далі.

— А тепер нам наліво, — підказала Наталочка, побачивши розмиту дощем руду ґрунтівку, що вела круто вниз.

— Ти добре розпитала дорогу? Нічого не переплутала? — завагався тато.

— Нам сюди, точно.

Він мало не стогнав, скеровуючи Машку через глибокі вибоїни. Врешті впоперек шляху проліг залізничний насип, а ґрунтівка загубилася під густим споришем.

— І куди далі? — спинив машину тато.

Мама осудливо мовчала, і весь її вигляд свідчив, що кращого годі було сподіватися. Але Наталочка знала, що вони втрапили, куди слід. По один бік, за насипом, стелилося неозоре болото, по другий височіла обривиста круча, і по ній вилася стежечка, про яку казав Антип. Усе співпадало з Антиповим описом, усе йшло за планом.

— Форт на цій кручі, — запевнила Наталочка. — Ви зачекайте, а я вилізу й гляну.

— Навряд чи там є щось, крім лісу, — засумнівався тато, але вона вже рвонула на кручу, мов бігун зі старту.

Аж тепер вона сповна оцінила, як Антип хитро підлаштував, вибравши вхід у форт саме з цього боку. Круча запаморочлива, батьки не захочуть на неї видиратися. Тож вона сама без перешкод підстереже зловмисників.

На кручі розкинулася сонячна галява, краєм якої вилася не то стежка, не то стара дорога. Але форту... не було. Довкола стояв тільки ліс, тільки пагорби, зарослі акаціями й чагарями. Наталочка розгублено ступила стежкою, минула пагорб і... не повірила власним очам: по той бік у пагорб були вмуровані двоповерхові каземати! То ось який він, цей форт Тараканівський! Вритий у землю, мов кротяча нора, замаскований, наче засідка хижого звіра!

Уздовж казематів колись, певно, йшла вулиця, а тепер тільки стежка ледь виднілася серед кропиви. Обабіч здіймалися грандіозні руїни, схожі на мертві міста серед джунглів, які Наталочка бачила в кіно. Пощерблена цегла, арки, склепіння, чорні ніші підземних ходів, а над усім — зелена колонада лісу, хміль і дикий виноград, буйство бруслини й ожин. І — тиша, незрушна тиша, від якої ставало моторошно.

Дівчинка вражено роззиралася довкола. Дорога, яка привела її в форт, пірнала під важке бетонне склепіння, в темний тунель, що мав вивести до внутрішнього двору. Ото туди їй і треба. Було страшно й... цікаво; зібравши усю свою рішучість, Наталочка ступила в пітьму. Її огорнув холод, кроки гучно відлунювали серед вологих стін. Далеко попереду видніло кружало світла. Очі звикали до темряви й вирізняли чорні провали бокових тунелів, сходи, що вели невідомо куди. Вона згадала, що котресь із підземель тягнеться аж до замку в Дубні — брр, страшно подумати, які то довгі кілометри суцільної пітьми... Раптом у ніші, яку дівчинка щойно проминула, щось зашуміло, залопотіло, і тишу прорізав не то зойк, не то скрик... Не тямлячись від жаху, Наталочка щодуху рвонула вперед, до світла. Вискочила з тунелю й опинилася на такій же мертвій вулиці, серед напівзруйнованих казематів, кропиви і зловорожої тиші. Позаду, в тунелі, все німувало. Що то було? Може, сова? Чи здичавілий кіт? Серце все ще шалено гупотіло.

На додачу до всього тепер Наталочка не знала, як вернутися до батьків. Вона не могла наважитися пройти ще раз тим моторошним тунелем і навіть не могла подзвонити й попросити допомоги. Як недоречно розбився її телефон! Але, може, десь є інший вихід? Намагаючись ступати безшелесно, Наталочка рушила вулицею, що, мов коло, огинала велику споруду. Все це було схоже на сон, на якийсь нереальний світ — вулиця серед руїни, сумне місто тіней, затоплене бур'янами. Чорніли порожні провали вікон, на карнизах і виступах стін повкорінювалися берізки.

Враз Наталочка спинилася. Це ж те місце, де Антип казав заховатися: два вузькі входи в стіні, один біля одного. Стій, а який з них їй потрібен: той, що справа, чи зліва? І тут вона почула голоси, зовсім близько: низький, басовитий і другий тонший. Розмовляли двоє чоловіків. Лишенько, прийшли власник шаблі і покупець! Треба мерщій ховатися! Дівчинка кинулась у ближчий хід і...

Вона не відразу збагнула, що сталося. Було темно. Вона лежала долі. Здається, кудись провалилася. Боліло стегно, пекли коліна, мабуть, обдерті до крові. Наталочка підвелася, простягла руки перед собою й наткнулася на холодний мур. Стіна була зліва, справа й позаду неї. Колодязь, кам'яний колодязь. Вона вибрала не той вхід. І опинилася в колодязі.

Хто тепер порятує шаблю? Може, Антип щось придумає? Може, привид йому підкаже? Бо вона вже нічим не зарадить. Вона провалилася і провалила справу.

Надворі під горою на неї чекали батьки. Чи скоро вони почнуть шукати її? І чи потраплять у форт? Він же так хитро замаскований! А якщо й потраплять, то чи знайдуть її, чи здогадаються, що дитина сидить у ямі... Бо інакше... Ні, краще не думати, що її може чекати тут, у моторошній пітьмі, серед вогких кам'яних стін...

Холодне заціпеніння скувало її ноги й руки до самих кінчиків пальців.

Стій-стій, але ж нагорі є власник шаблі і її покупець. Вони намірялися по-звірячому знищити реліквію, але навряд чи покинуть у біді безневинну дитину...

Наталочка щосили закричала: агов, рятуйте! Кричала довго й відчайдушно. Згодом почула над колодязем кроки. Проте до неї ніхто не відізвався. Напевно, зловмисники ще жахливіші люди, ніж можна було сподіватися. Такі шáблі не пошкодують, це ясно, як Божий день.

Від крику вона охрипла. Що ж далі? Головне — не впадати у відчай. Наталочка ще раз обмацала стіни. Ні, не вилізти, марно пробувати. Вона сіла на землю і обняла свої обдерті коліна.

Мабуть, тато з мамою в форт не потрапили. Бо надто довго їх нема. Загубивши дитину, в Берестечко вони не поїдуть. Може, вернуться в Дубно в поліцію, щоб оголосити розшук? Це було б найкраще. Поліцейські напевно здогадаються заглянути в колодязь. Але де вони досі?

На всяк випадок треба придумати, як вибратися без поліцейських. Вона згадала Синдбада-мореплавця: той теж опинявся в подібній халепі. І виліз з колодязя, знайшовши нору диких звірів, ще й набрав безліч перлів і самоцвітів.

Наталочка помацала долівку. Камінців лежало чимало, деякі гладесенькі та круглі, мов обшліфовані. Може, й самоцвітні. У фортецях завжди ховали скарби. І цей колодязь, у якому немає води, для чогось же збудували. Може, для коштовностей? Тут для них добрий схововк. Її пальці наткнулися на плоске металеве кружальце. Монета! Мабуть, золота. Наталочка сховала її в кишеню й почала нишпорити довкола. Більше монет не траплялося, зате камінці безперечно коштовні, інакше чого б їх ховали разом з грішми?

Наталочка назбирала камінців. Тоді знову

дослідила стіни, чи бува не знайдеться нори, яка виведе серед тернових заростей на кручі. Ні, Синдбадові пощастило більше, ніж їй. Мабуть, під Дубном замало диких звірів.

Нагорі тихо, ні звуку.

Цікаво, скільки днів людина може прожити без їжі? Колись вона чула приказку: поки ситий схудне, то худий здохне. Собі на лихо Наталочка вдалася худа. Отже, довго не протягне. Ще й сьогодні майже не снідала, домагаючись завернути в цей форт, бодай йому грець. Хто ж міг знати, що від яєчні з помідорами залежало її життя! А ще ж вода... Без води людина не витримує. Виходить, шансів у неї небагато. Їй і зараз хотілося пити. І їсти. Голод просто звірячий! Мабуть, минув уже цілий день.

Колись Наталочку знайдуть... Але що, коли це буде вже запізно? У газетах напишуть про мужню дівчинку, яка, рятуючи національну реліквію, пожертвувала власним життям. Так і напишуть: «віддала своє молоде життя», і це буде зворушливо... Бідна мама гірко плакатиме. Може, перли й самоцвіти, які знайдуть у Наталочки в кишенях, хоч трошки її розрадять. Вона зробить велику пожертву на відбудову українських церков, як то їй давно хотілося. Але єдиної рідної донечки це їй не замінить. Як вона шкодуватиме, що часто гримала на дитину, навіть сьогодні вранці! Тут Наталочка згадала, що власне мама тому й гримала, щоб не повертати в форт. Що ж, вона мала рацію, це теж її потішить. Наталоччине серце стиснув жаль, адже вона така невдатна й безталанна, що пропадає нізащо, ніпрощо, та ще й із власної вини. Додалася досада за розбитий мобільний – якби він був, то й лиха не було б... По щоці покотилася гаряча крапля, за нею ще, ще... А далі немов прорвалася загата, і дівчинка зайшлася гірким плачем.

Тим часом мама з татом сиділи собі, не підозрюючи, що на них насуваються тяжкі випробування. Сонце вже припікало, спиваючи ранкову росу, і мама почала сердитись. Де та дитина гається? Чого доброго, мітинг на Козацьких Могилах почнеться без Руснаків.

Замість Наталочки на кручі вигулькнув чепурний хлопчина з прилизаним чубом. Обережно спустився крутою стежкою, припадаючи на праву ногу.

— Доброго ранку, — чемно привітався. — Ваша донька просила, щоб ви ще зачекали. На горі під'їхав автобус із туристами, і вона приєдналася до них. Екскурсовод покаже їм форт. Їй це дуже цікаво. До побачення! — і він пішов собі геть.

— Чортзна-що! — пробурмотіла мама.

Хлопчина озирнувся й докинув:

— Правду кажете. Чорт знає, що й до чого, — і на його лиці розпливлася єхидна посмішечка.

— От нахаба, — розсердилася мама. — Чи це не з ним Наталочка вчора познайомилась?

— З ним, — тато уважніше придивився до хлопця. — Хотів би я знати, звідки він тут узявся?

— Напевно, теж оглядав фортецю, — мовила

мама, дістаючи з кошика термос. — Хоча б екскурсія не затяглася. Може, вип'ємо кави?

І тоді Машка показала свій норов: раптом ні з того ні з сього загуділа на всю долину. Тато спробував її вимкнути, але Машка не вимикалася. Гуділа й гуділа.

Вгорі над деревами закружляли наполохані пташки. Тато з головою пірнув під капот. Нарешті гудіння припинилося, але він продовжував копатися: перевірив свічки запалення, акумулятор, гальма і навіть глушник. Коли ж нарешті виліз із-під машини, його обличчя було вкрай розгублене.

— Машина справна, — сказав він, витираючи змокрілого лоба. — Сигнал увімкнувся сам собою і так само вимкнувся. Скидається на те, ніби Машка хотіла щось сказати...

— Але це ж неможливо! — вигукнула мама.

— Звичайно ні. Машини не розмовляють. Тому вона й сигналила. Щоб подати знак.

— Дурниці!

— І все ж тут щось не те. Може, з дитиною не все гаразд? Може, вона заблудила?

Батьки стурбовано перезирнулися — і дружно подерлися на кручу. Але не знайшли там ні форту, ні автобуса з туристами, ані своєї доні. Вони усе ще озиралися на всі боки, коли з лісу вискочив сільський парубок на старому тріскучому мотоциклі й різко загальмував біля них.

— То ви сигналили? Хтось загубився в форті? — спитав він. — Бо я косив тут недалечко, коли чую — сигналять. Ну, думаю, біда...

— Здається, загубилася наша донька, — мовив тато, полотніючи.

— Не хвилюйтеся, тут таке не вперше. В форті багато пасток для ворогів. На жаль, у них потрапляють і туристи, — підбадьорював їх парубійко, а батьки все дужче полотніли.

Зайшли в форт, довго гукали Наталочку, але та не відзивалася. Тоді темним тунелем дістались у саму середину фортеці. Від думки, що її дитина самісінька могла попхатись аж сюди, маму брали дрижаки. Проте виявилося, що Наталочка таки попхалася: з одного каземату почувся знайомий плач.

Далі все закрутилося, як у калейдоскопі. Добросердий парубок гайнув у село і гукнув людей рятувати дитину. Примчала машина швидкої допомоги, Наталочку видобули на білий світ — живу і майже неушкоджену, якщо не брати до уваги обдертих колін. Вона з плачем припала до матері, рясні сльози котилися й котилися, і не було їм упину, мовби очі стали солоними джерельцями, з яких бігли два струмки.

— Годі, доню, годі, рідненька! Ох, на кого ти схожа, — бідкалася мама, обтріпуючи на дівчинці спідничку й блузочку. — І чого це в тебе повні кишені каміння?

Усі камінці були сірі й звичайні — жодного тобі самоцвітного, а монета виявилася простою бляшкою. Наталочка повитрушувала їх геть. Ні в чому їй не велося так, як Синдбадові.

— На щастя, все обійшлося, — сказала лікарка з швидкої допомоги, позамазувавши йодом садна на колінах.

— Авжеж обійшлося, — вставив свої п'ять

копійок добродушний парубок. — Бо якби дівчинка зайшла в сусідній хід і впала у справжню криницю, в воду, ото було б лихо!

Почувши таке, мама з блідої зробилася зеленкуватою, а Наталочка навіть забулася плакати.

— Ви часом не помилилися? Там справді криниця? — перепитала вона.

— Чого б я помилявся, — образився парубійко. — Я знаю фортецю, як свої п'ять пальців.

Отже, хоч куди б вона йшла — всюди була пастка? Ні, ні, це неможливо!.. Напевно, Антип не підозрював, які небезпечні ті ходи.

Коли вже сідали в машину, мама раптом згадала:

— Ти ще сиділа б у ямі, якби Машка раптом не засигналила. Той кульгавий хлопець, з яким ти вчора познайомилася, сказав нам, що в форт приїхали туристи і ти пішла з ними на екскурсію.

Наталочка на хвильку оніміла.

— Антип? Таке сказав? Він не міг тут бути! — розгублено залепетала вона.

Мама й тато насторожилися. І зажадали пояснень. Тож вона мусила розповісти все, як є: що Антип зі своїми батьками теж шукає шаблю, що це він послав її в форт... Батьки були вражені, ошелешені й сердиті. Антипові вчинки видавалися їм незбагненними.

— Певно, його круті батьки хочуть знайти шаблю швидше за нас, — зробила висновок мама і з осудом додала: — По хлопцеві видно, що там пихи на три шти́хи. Чого ти з ним водишся?

— Він геть безголовий! Послати дівчинку в таке небезпечне місце! — не на жарт розбушувався тато. — Та й ти хороша!

Наталочці прочитали лекцію на тему, як належить поводитися чемним дівчаткам. Лекція тривала досить довго.

І все ж на Козацькі Могили ще можна було встигнути. Тож Руснаки нарешті рушили в Берестечко.

Розділ 6,
у якому Наталочка бачить тривожні видіння на полі Берестецької битви

Дорогу до Берестечка не треба було шукати: все, що мало колеса, мчало, їхало, котилося на Козацькі Могили. А вже сам заповідник шумів, гудів, рябів кольорами, немов величезний ярмарок.

— Та тут сьогодні здвиг народу! — і раділа, й дивувалася мама.

Перед входом до заповідника тяглися довжелезні ряди легковиків і туристських автобусів, що з'їхалися зі всієї України. Машку теж прилаштували в одному з рядів. Всюди снували люди у вишиванках, продавали жовтоблакитні прапорці, значки, морозиво, патріотичну літературу, шапки-мазепинки. Гурти чоловіків сперечалися про політику. Пеклися свіжі ковбаси, кипіли в олії пампушки, димували шашлики, а огрядна куховарка припрошувала скуштувати поліської юшки з в'юнами й часником. Наталочці покотилася слинка, але батьки квапилися на оточений муром пагорб, з якого линув церковний спів. Богослужіння ще не скінчилося. Тато з мамою, поважні й урочисті, запаливши свічки, й собі стали за людьми.

А Наталочка повільно пішла навкруг майдану, озираючись на всі боки. Тут було гарно! У зеленому вінку ясенів здіймалися дві церкви: старенька дерев'яна, в якій козаки молилися перед битвою, і велика церква-пам'ятник, змурована над останками загиблих. Ото перед нею й правили Службу Божу. Лився спів, густо курився ладан, м'який пахучий дим стелився довгими пасмами, огортав людей, дерева, і всі вони в ньому ставали інакшими, мовби нетутешніми. Дим клубочився, вогко торкав Наталочці лице — дим чи туман? Авжеж туман, білий, як молоко, і в ньому по груди стояло... козацьке військо.

Похоловши, Наталочка збагнула, що вона якимсь дивом бачить саме ту трагічну п'ятницю 30 червня 1651 року, третій день Берестецької битви. Туман осідав дрібними ряхтливими краплями на козацьких чубах-оселедцях, на відвологлих вусах, згори ледь проглядало сонце — розмите бліде кружальце, а попереду кривився за білою заслоною польський стан, величезне 150-тисячне військо. Шляхта, посполите рушення, німецькі драгуни й рейтари. Король Ян Казимир зібрав, кого лиш міг, стягнув до Берестечка пів-Європи, аби тільки здолати Хмельниччину, здолати повсталу Україну, цю рахманну, лагідну, медом текучу землю, яка затято виборювала волю.

Козаків стояло менше: тисяч сто, і з ними татари. Хан чатував на коні, мов хижий орел-степовик. Супився, хмурився, йому не подобалась рутвяна, багниста долина, в якій грузли його верхівці, не подобалася затятість супротивників — легкої здобичі не буде, це він бачив надто добре.

Наталочка ковзнула поглядом по козацьких обличчях. Зосереджені, зухвалі, насмішкуваті. В очах виклик: наступайте, ляхи! Ми готові, нам що? Або волю добути, або дома не бути.

І ляхи рушили: могутньою хвилею рвонула вперед кіннота. Ревма ревли гармати, дзвеніли шаблі, іржали коні, дико скрикували звитяжці, сходячись у двобої. Скільки це тривало — годину, дві? Наталочка не знала. Вже й туман розвіявся, уже й сонце припекло, а битва гримотіла, ніби земля розколювалась навпіл. Все далі, далі, далі врубувалася кіннота, пробивала тверді українські лави, вже прорвала таборові укріплення... Ні, спинилася... відходить. Вистояли козаки!

Натомість важко посунулося вперед праве крило польського війська. Зараз усе й станеться...

Польська піхота поволі докотилася до орди, орда подалася назад і чимраз стрімкіше відступала... Татари тікали! «Зрада!» — прошелестіло козацькими лавами. З їхнього стану вискочив, мов іскра, вершник у дорогому вишневому жупані (Богдан Хмельницький — зрозуміла Наталочка) і, припавши до кінської гриви, помчав навперейми. За ним кинулись якийсь старшина і ще кілька козаків... Вернися, гетьмане! Чи ти хочеш спинити вітер? Орду не завернеш... Та він летів безоглядно.

Бем! Бем! — загули дзвони. Наталочка стрепенулася: що це з нею? Навколо ж не битва, а люд у святкових вишиванках. Не інакше як у Таракановi вона добре вдарилася в голову. Ото й привиджається. Треба взяти себе в руки.

Тепер на сцені виступав якийсь промовець. Дівчинка стріпнула чубчиком і втупилася в нього очима, наготувавшись слухати якнайуважніше.

Та враз почула дещо інше. Позад неї говорили... про шаблю! Наталочка рвучко обернулася. Двоє хлопців у пластових одностроях урвали розмову.

— Привіт! — мовив до неї вищий, чорнявий.

— Привіт... — розгубилася вона.

Хлопці стояли, мов гетьманичі: поважні, виструнчені, акуратні. По всьому видно — українські лицарі, ще й численні нашивки на їхніх рукавах виглядали так значимо.

— Ви, здається, говорили про шаблю, — зніяковіло пролепетала Наталочка. — Вибачте, я ненароком почула.

— Авжеж про шаблю. Тут про неї тільки й розмов.

— То вона вже в безпеці? — зраділа дівчинка.

Пластуни перезирнулися.

— Казав я тобі, що справа темна, — стиха мовив високому його кругловидий веснянкуватий товариш.

Здається, було зарано радіти.

Діти познайомились: хлопці виявилися пластунами зі Львова. Високого звали Северин («Як Наливайка», — заздро подумала

Наталочка), а його товариша — Василь. Вони так щиро зацікавилися шаблею, що дівчинка розповіла все, що знала: про дядька Богдана та знайомого привида, який хоч і крутив дулі, проте палко переймався долею національної реліквії; про свою з батьками мандрівку, навіть про те, що шаблю шукала ще одна заможна родина. Щоправда, Тараканів з його злощасним фортом вона обійшла мовчанкою, але пластунам вистачало почутого. Обидва не на жарт захвилювалися.

Самі вони знали небагато. Вчора заповідником ходив якийсь чолов'яга («Бо ми приїхали ще звечора, — докинув Василько, — розбили намети над Пляшівкою, сиділи, палили багаття — високе, до самих зірок, а яких пісень наспівалися!»), то отой чолов'яга усім розказував, буцімто знайдено козацьку шаблю, справжнісіньку, добре збережену в поліському торфі. Але де вона, в кого — про це оповідач багатозначно мовчав. Василькові він видався підозрілим («Але ж Василько завжди всіх підозрює, він у нас як Шерлок Голмс», —

вставив своє й Северин), отже Василько засумнівався, чи бува чоловік таким чином не підшукував, хто заплатить за шаблю дорожче.

Хоч пластуни розповідали трохи плутано, Наталочка збагнула достатньо, щоб її душа защеміла. Якби вона не підбила своїх батьків зупинитися в Дубні, то теж сиділа б над вечоровою річкою, на місці козацького табору, біля багаття до зірок... Ех, яка досада! А найголовніше, що Руснаки просто й легко з'ясували б усе про шаблю. Тепер же шанс утрачено.

Вони стояли на майдані, і море людей шумувало навколо. Яскраве, барвисте, розгойдане море, незліченні тисячі, що слухали пісні, купували значки й морозиво, ходили долиною від острова до острова. Знайти серед них учорашнього оповідача було все одно, що відшукати в траві голку. Та на своє превелике здивування Наталочка збагнула, що хлопці збиралися ту голку шукати. Северин розпоряджався, мов командир на полі бою:

— Мусимо діяти. Васильку, скликай наших.

А ми тим часом підемо в музей. З'ясуємо, що їм відомо.

Василько гайнув, як вітер, а Наталочка з Северином стали пробиратися до будинка поруч з дерев'яною церквою. Та ба! В музей набилося стільки люду, як у маршрутку в час пік, екскурсоводи були нарозхват, а до дверей підходили нові й нові групи.

— Що робиться! Що робиться! Стовпотворіння вавілонське! — знай повторювала тітонька-чергова, перевіряючи вхідні квитки.

Усе це й справді скидалося на стовпотворіння, на той його момент, коли мови вже змішалися. З різних сторін чулися українські, польські, англійські і ще хтозна-чиї слова. І всі питали... про шаблю: де вона, яка вона, скільки вона коштує, певно ого яку суму.

Ошелешені екскурсоводи розводили руками — що за шалений день? звідки ці чутки про шаблю? Неодмінно треба все з'ясувати, але хіба вже завтра, бо сьогодні хвильки вільної нема.

— Ні, ми до завтра не чекатимем, — рішуче

сказав Северин, коли вони вибралися з переповненого музею надвір.

Пластуни ще не зійшлися. Зі сцени сипався передзвін бандур; хор співав про чорне берестецьке поле, зоране кулями, білим козацьким тілом зволочене. Наталочка заслухалася, зіпершись на сосну... І тут на неї знов наплинуло.

...Мрячило, мжичило, над головою клубочились важкі сірі хмари, і козаки теж немов посіріли серед непролазної поліської мокви. В таборі гриміли, рокотали литаври: довбиші в один такт били в обтягнуті шкірою срібні та мідні кітли. Недалеко від Наталочки важко чмокнуло в розкислу землю гарматне ядро, забризкавши болотом козаків, що сиділи під возом.

— Пристрілялися, вражі діти, — байдуже відзначив старий запорожець, не виймаючи з рота погаслу люльку.

— Еге! Хочуть ляхи нас налякати. Притягли гармати аж зі Львова, ніби ми того дива не бачили, — казав зі смішком смаглявий козак, який видався Наталочці знайомим. Авжеж, це був той самісінький парубок, що снився їй цілу ніч. Без сумніву він: юний, гінкий, з темними сміливими очима.

— А сотник Щур як пішов до поляків на перемови, то й не вертається, — знов обізвався старий. — Гладкий з Переяславцем вернулися, а Щур — ні... Продався, кажуть.

— Утік Щур! — тонко, як півень, вигукнув ще один козак. Його куций оселедець ще не сягав вуха, певно, недавно заведений, та й одежу чоловік мав ще селянську. — Сидимо обложені вже десятий день... Хмеля нема... Пляшівка розлилася... Затоплює табір... Пропадем ні за цапову душу! А життя одне!

— Та й Україна одна, пане-брате, — тихо мовив чорнявий. — Не журися, виберемось. Богун виведе. Вже готові греблі для переправи.

— Що то за греблі! З возів, кожухів...

— Гей, молодче, не наганяй страху! Скиглиш, як баба... Не бійся, більше разу не помреш, — сердито обірвав його старий січовик. Тоді додав веселіше: — От і Богун іде.

Наталочка притьмом обернулася туди, звідки наростав кінський тупіт. На чолі чималого загону вершників до них наближався красень-полковник. По ній ковзнув його швидкий розумний погляд, зблиснула кольчуга на широких грудях, війнув край киреї — мжичка покрила її, мов срібло, — і славетного воїна заслонили інші вершники. Загін помчав до Пляшівки захищати переправу, що мала ось-ось початися.

І раптом...

— От уже наша старши́на тікає! — вереснув півнячий голос.

На нього оберталися розгублені обличчя, мовляв, що ж це, невже й собі рятуватись? І враз десятки ніг кинулися до гребель. З рук падала зброя, похилилася й зникла в юрбі малинова корогва, хтось на бігу скидав гуню, хтось хапав іншого за поли, щоб самому протовпитися вперед...

— Стійте, іродові діти! — гримів голос старого запорожця. Чорнявий козак став до нього плече в плече, вихопивши з піхов шаблю, зупинилося ще кілька. Проте інші наче поглухли. Паніка ширилась, наче вогонь по сухій траві.

— Стійте! Стійте! Куди ви? — і собі загукала Наталочка, та враз видиво пропало. Натомість вона побачила здивоване обличчя Северина.

— Чого ти кричиш? — запитав він. — Люди несуть свічки на могили. Хай собі йдуть. Нашим пошукам це не завадить.

На них з цікавістю озиралися.

— Дівчинка загубилася, — казали одні.

— У дівчинки вкрали гроші, — казали інші.

— Ні-ні, в нас усе в порядку, — запевняв людей Северин.

Поруч зібралися вже й пластуни. Наталочка горіла від сорому. На щастя, Северин відразу перейшов до справи. Він виструнчився, нахмурив брови достоту як той козак, що привиджався Наталочці.

— Товариство, — звернувся він до гурту. — Всі ви чули, що знайдено козацьку шаблю. Але виникла підозра, що вона потрапила в нечесні руки. Можливо, їй навіть загрожує знищення. Щоб порятувати шаблю, ось ця дівчинка, — він показав на Наталочку, — та її батьки спеціально приїхали з Києва. Йдеться про коштовну реліквію, пам'ятку козацької доби. Тому я вважаю нашим обов'язком допомогти киянам Руснакам у благородних пошуках. Тим паче, що сьогодні ще не всі зробили по доброму вчинкові, як то належить пластунові... Згода?

— Згода! — дружно відповіли пластуни своєму гуртковому.

— Насамперед треба знайти чоловіка, який розказував про шаблю, — вів далі Северин. — Сьогодні його хтось бачив? Ні? Тоді будемо шукати!

Пластуни сипнули на всі боки. Северинові й Наталочці залишився острів Журавлиха з майданом і церквами, де терлася маса народу. Вони переходили від гурту до гурту, пильно придивляючись до облич. Точніше, придивлявся Северин, бо він учора бачив оповідача. А Наталочку знов обсіла тривога.

Якщо людині привиджаються різні події, то з нею явно не все гаразд. Треба щось робити, але що? Кілька разів вона скоса зиркала на Северина. Врешті наважилась.

— Северине, як я виглядаю? — спитала вона.

Хлопець злегка зніяковів.

— Класно, — сказав він. — Ти смілива і... гарна.

Тепер уже зніяковіла Наталочка, аж їй зарум'янилося личко.

— Я не про те, — опустила вона вії. — Розумієш, сьогодні вранці... так сталося, що я сильно вдарилася головою. Цього не надто помітно?

— Анітрохи. Нема ні синяка, ні ґулі.

— Не синяка! Мені почали привиджатися різні картини. Битва, обложені козаки, паніка при переправі...

— А, ти про це. Не хвилюйся. Тут просто таке місце.

— Думаєш, зі мною все в порядку? Мені не треба до лікаря?

— Абсолютно. Тут просто таке місце... —

повторив Северин, і його очі мовби ще більше потемніли під насупленими бровами. — Ти не чула місцеву легенду? Що обложені козаки не загинули, а вскочили в церкву і разом з нею провалилися під землю. Кажуть, у великодню ніч чути, як у них під землею дзвонять дзвони. У цьому щось є. Тут витає козацький дух... Дух волі. Тут, якщо ти помітила, навіть інакше дихається. Інакше думається...

Наталочка глибше втягла повітря. Пахло луговими квітами, драговиною. Дихалося легко й приємно.

— Але ж козаки зазнали поразки! — нагадала вона.

— Хіба війна чи будь-яке змагання бувають без поразок? — здвигнув плечем Северин. — Треба вміти тримати удар. Може, це найважливіше... Проте ходімо далі.

Розділ 7, у якому з Антипом стається дивовижне перетворення

Діти обійшли майдан, тоді Северин вирішив заглянути ще й у підземний хід, що з'єднував церкви і вів кудись за пагорб.

Наталочка воліла лишитися надворі, — досить з неї підземель, принаймні на сьогодні. Зручніше прилаштувалася на дерев'яній лавці, заплющила очі... Хотіла ще хоч на мить побачити битву. Навколо гомоніли люди, на сцені читець декламував вірш про Берестечко.

Віддалік гухнула гармата. Насправді гухнула: то стріляли сучасні козаки з Запоріжжя. «Сла-а-ва-а!» — покотилося долиною, і до гармашів звідусюди потяглися барвисті вервечки людей, а діти, як горобці, сипнули попереду всіх.

Наталочка щільніше стулила повіки, уявляючи знайомого молодого козака і сивого січовика, яких бачила при переправі.

...Їх стояло три сотні на пагорбі, що, мов острів, височів серед болота. Старого важко було впізнати: чуб розметався, сорочка розхристалася, очі палали, а шабля в руці миготіла, як блискавка. Поляки насідали, козаки відбивалися, не відступаючи ні на крок. Та й не мали куди відступати. Мабуть, бій тривав давно, козаки поморилися, декотрі були поранені, проте в очах світилося незламне завзяття.

Наталочка помітила, що за боєм невідривно стежив якийсь вельможний чоловік у коштовному обладунку. Він щось сказав одному зі своїх наближених, і той, пересилюючи дзенькіт шабель, закричав до козаків:

— Панове запорожці! Ясновельможний король Ян Казимир подивований вашою відвагою, — («А-а, це ж сам король!» — збагнула Наталочка). — Він помилує вас, якщо складете зброю. Він візьме вас на службу за високу плату!

Між козаками пішов якийсь рух. «Невже здаються?» — не то злякалася, не то зраділа дівчинка, але раптом збагнула, що саме вони робили: з-за поясів і з глибоких кишень своїх безкраїх шароварів діставали гроші і зневажливо, широким жестом сівачів кидали їх у твань.

— Срібло-злото — то болото! — гукнув сивий січовик. — Вибачай, королю, але нам не потрібна твоя ласка. Лицарська смерть козакові дорожча.

На долоні чорнявого козака серед дрібних монет блиснув срібний перстеник, козак на хвильку його затримав, певно, згадав ту русяву, кароку, для якої придбав його, проте зсунув суворіше брови, і перстень плюснув у воду. Не носитиме його карока, не діждеться свого козака...

— Слухай-но, пане-брате, — звернувся до

чорнявого старий січовик. — Треба якось прорватися до Богуна і передати ось це, — він дістав з-за пазухи сяйливий малиновий згорток.

Наталочка впізнала, що́ то: корогва, яку в паніці збили додолу. Отже, старий підняв і заховав її.

— А як поляжу разом з корогвою? — спитав козак, дбайливо ховаючи малиновий шовк.

— Та вже як вийде, — спокійно, ніби навіть байдуже мовив старий.

— Не випадає покидати бій...

— Стане ще для тебе боїв, — старий обняв чорнявого і легенько підштовхнув: — Іди.

Козак упав в очерет, мов качур: ані шелеснуло. «Чи не втопився?» — подумала Наталочка, але тут-таки й заспокоїла сама себе: еге, такий утопиться! Вирветься, проб'ється до Богуна... Врешті, вона знала його долю.

Бій на острові довершувався. Козаків ставало все менше. Один за одним падали вбиті. Аж ось лишився єдиний січовик. Невже битиметься сам? Сам проти цілого війська?..

Він озирнувся, метнувся до берега й ускочив у човен, прихований в очереті. Не сідаючи, відштовхнув його, виплив серед плеса; гордо взявшись у боки, окинув оком ворогів, мовляв, наступайте, чого баритеся?

Король знову щось сказав своєму наближеному, той квапливо передав наказ. Поляки, брьохаючись у баговинні, оточили озерце, серед якого плавав козак, та не могли здолати героя. Він сік їх, як капусту, він сміявся їм в очі, рани йому не шкодили, кулі його не брали, смерть боялася підступити до такого несусвітного зухвальця. Вже й шабля не витримала, переламалася навпіл, то він відбивався веслом.

Троє насідало на нього спереду, якийсь мазур закрався ззаду, націлився в плечі списом... Наталочка затулила очі. Почула, як радісно заґелґотали поляки... Човен плавав порожній. Зиркнула на короля — той роздратовано відвернувся й пішов геть. Ти не радієш, кор лю? Ти ж переміг!

І враз вона збагнула. Козаків перемогли.

Але не скорили! Вони гинули, не піддавшись, не схилившись, лишаючи по собі невмирущу славу! Зовсім, як наші сучасні хлопці під донецьким аеропортом...

...Знову гомонів святковий майдан, цвіли вишиванки, рокотав густий баритон:

Кину пером, лину орлом, конем поверну,
А до свого отамана таки прибуду.
— Чолом пане, наш гетьмане,
чолом батьку наш!
Вже з нашого товариства лиш розгардіяш!..

У пісні витав упертий, незламний дух волі, що його залишили козаки.

Пластуни верталися ні з чим. Учорашній чолов'яга зник, мов крізь землю провалився.

— Що будемо робити? — спитав у друзів Северин.

Кожен старався придумати щось рятівне. Один радив пошукати в навколишніх селах; другий пропонував спитати про шаблю у соцмережах; третій казав звернутися до пластового керівництва. Василькові ті ради не подобалися; він супив білясті брови, примружував очі, руки схрестив на грудях, як то робив його улюблений детектив, проте нічого путнього на думку йому не спадало.

За нарадою пластуни не помітили хлопця, що прислухався до їхньої розмови, а далі гучно розреготався:

— Ви спізнилися, мої дорогенькі! Безнадійно спізнилися! Назавжди!

Озирнувшись, Наталочка на мить отетеріла. Коли ж до неї вернувся дар мови, розгублено відрекомендувала хлопця пластунам:

— Це... Антип. Він теж шукає шаблю.

— Чортик, антипко? — перепитав Василько.

— Так, це я власною персоною, — Антип картинно вклонився; вітер дмухнув на його прилизане волосся, і з-під нього показалися два округлі, як у молодого бичка, ріжечки.

— Маю тобі подякувати, — обернувся він до Наталочки. — Ти дуже мені допомогла.

— Я? — вражено перепитала дівчинка.

— Ти, ти, голубонько! — захихотів Антип. —

Мої старі прочули, що привид хоче врятувати якусь реліквію, але довго не могли вивідати нічого конкретного. Вирішили навмання поїхати в Берестечко, і по дорозі побачили тебе. Твоя вишиванка, а особливо наклейка на вашій машині навели на думку, що рятувати реліквію зібралися саме ви. І ти вибовкала про неї все, що знала! — чортяча мармиза вдоволено розпливлася від вуха до вуха. — Лишалося якось вас пригальмувати, і я на ходу придумав, як це зробити. Досить було змалювати бій, підпустивши романтичного туману, і ти погодилася на все, що я порадив. Ха-ха! Дивно, що ти й досі не сидиш у колодязі в Тараканівському форті! Адже ти напрочуд вчасно розтовкла свій мобільний, хіба ж ні?

— То теж ти підлаштував? – аж скрикнула Наталочка.

— Але це вже не має значення, — вів далі Антип. — Я знайшов власника шаблі і дав йому адресу покупця. Так що шабелька тю-тю! Поїде за кордон, можеш не сумніватися. Там добре платять за антикварні речі.

Дівчинка закрила лице руками, воліючи щезнути, зникнути, провалитися під землю. Ганьба, ганьба! Та ще й перед пластунами!

Мов крізь воду, вона почула голос Северина.

— Не тішся завчасу, — казав він Антипкові. — Шабля ще не втрачена. Її ще можна врятувати.

— Яким чином, хотів би я знати? — реготнув Антип.

— А ми подумаємо, яким.

Наталочка опустила руки й глянула на Северина. Як вона могла забути? Треба вміти тримати удар... Саме так він казав про козаків. Може, спробувати?

Витерла щоки, моргнула мокрими віями.

— Так, придумаємо, — повторила вона, не уявляючи, що можна придумати, коли справа безнадійна.

— Ха-ха-ха!.. Ти хочеш змагатися?.. Зі мною? — зверхньо глянув на неї Антипко. — Що ж, гаразд! Я навіть дещо тобі підкажу... В обмін на...

— Не домовляйся з ним, — перебив його Северин. — Він хоче здобути твою душу!

— Що ти, йдеться про дрібничку, — Антипкові очі лукаво звузилися: — Шаблю продаватимуть завтра ввечері далеченько звідси... Я підкажу, де... Щоправда, загадкою... Але якщо ти все ж не врятуєш шаблю (а не врятуєш нізащо), муситимеш брехати кожного дня. З тебе вийде кмітлива брехуха!

— Не здумай погоджуватись! — знов застеріг Северин.

Але дівчинка лиш похитала головою:

— Я згодна.

— Згоду скріплюють кров'ю, — прошепотів Антипко.

Вона зняла з грудей Северина значок, вколола палець і видавила на папірець, який запобігливо подав чортик, червону краплю. Антипкова пика вдоволено засяяла.

— Отже слухай: не горіх, а тверде; не панни, а жупани в узорах; стрілець їх сватав, та й голову склав. Не забудь: брехатимеш довіку! — глузливо хихикнув Антипко.

Тоді ще раз театрально вклонився і... щез.

— Нащо ти це зробила? Нащо погодилася? — розсердився Северин.

Наталочка знизала плечима. Невже він не розуміє? Вона ніколи собі не простить, якщо шабля пропаде з її вини.

— Краще допоможи відгадати загадку, — сказала вона.

Загадка виявилася не з легких.

— Не горіх... Не горіх... — мурмотів Василько і так натужно думав, аж ластовиння почервоніло на його круглому обличчі.

— Може, замок? Олеський чи якийсь інший... — припустила Наталочка, бо замки не йшли їй з голови.

Один з пластунів і собі пригадав, що вчора тому чолов'язі хтось казав про Олеський замок, мовляв, там охоче куплять шаблю... Ану ж він послухав доброї поради?

— Не горіх, а тверде — то тверді оборонні мури, — розмірковував Василько. — Не панни... Може, князівни чи королівни... Колись один шляхтич посватався до красуні Марціани, дочки олеського воєводи. Йому відмовили, і він пробив собі серце кинджалом у неї на очах. Отже, і сватав, і голову склав. Загадка про Олесько! — переможно заявив він.

Пластуни схвально загули, тільки Северин, здавалося, вагався.

— Я мушу негайно знайти батьків, — заквапилася Наталочка. — Так що бувайте!

— Шкода, що ми не їдемо з тобою, — зітхнув Северин.

— Ви й без того допомогли.

— Обов'язково подзвони мені!

— Якось подзвоню! — і Наталочка помахала їм рукою вже на бігу.

Розділ 8,
у якому відбувається шалена гонитва і ще шаленіший бенкет

Батьків довелося чекати цілу вічність, точніше, хвилин п'ятнадцять. Нарешті вони випливли із святкового тлуму, обоє на диво задоволені життям. Тато донесхочу наговорився про автомобілі, уряд, зовнішню політику і знову про автомобілі. А мама находилася, наспівалася, в одної пані побачила несказанно гарну вишиванку й домовилася, що та вишле їй узір на електронну пошту, а ще вона записала на мобільний рідкісну пісню про облогу Почаєва.

— Яка краса! Яка аура! Не дивно, що шаблю передали до музею. Тут інакше не вчиниш, — захоплювалася вона.

— Ох мамо... — тихенько зойкнула Наталочка. — Ти й досі нічого не знаєш?

Вона розповіла все, що сталося, обійшовши мовчанкою свою скріплену кров'ю угоду.

— То це тільки чутки, що вчені з Києва оцінили шаблю на сто тисяч? Нам ще треба кудись їхати? — тато розгублено чухав потилицю.

Але мама відразу все збагнула.

— Мій друже, сідай скоріше за кермо, — розпорядилася вона.

І знов їм летіла під колеса дорога. Поле за полем, село за селом. Раптом з Машкою порівнявся чорний джип з затемненими вікнами і зі свистом вирвався вперед.

— Це вони! Антипко! Тату, жени, жени! — верескнула Наталочка, підскочивши на сидінні.

— Еге! Дай Боже нашому теляті та вовка з'їсти. Куди нам до такого шикарного джипа, — зітхнув тато, проте таки натиснув на газ.

Машка побігла жвавіше, однак джип віддалявся. «Машко, будь ласка, поквапся!» — благала Наталочка.

І враз вона помітила, що їхнє авто мчало швидше і швидше. «Це мені вже мариться?» — подумала вона. Але ж ні, за вікнами аж стугонів вітер, придорожні дерева злилися в суцільну зелену смугу. У Машку мовби вселився реактивний двигун! Відстань до чорного джипа потроху скорочувалася, ось вони вже й зовсім наблизились. Ще трохи — і Машка його обжене! Джип шаленів, мов чорний смерч; Машка летіла, мов блискавка!

Постовий поліцейський з дива отетерів. Повз нього промайнув джип, який наздоганяла вітчизняна тарадайка.

«Це ж треба: старе дрантя, а як почесало!.. Що то значить наш виробник, — прошепотів поліцейський. — Віднині куплятиму тільки українське!» Він навіть забув оштрафувати водіїв за перевищення швидкості і ще довго стояв з відкритим ротом, витріщаючись їм услід.

Джип пригальмував, пропустив Машку вперед, а тоді, набавивши швидкість, почав притискати її до краю дороги.

— Ненормальний чи що? — лайнувся тато, зіскочивши на узбіччя. Під колесами щось торохнуло. — Так і шину можна проколоти!

Джип зробив крутий віраж і звернув на дорогу до села Бовдури. Наталочці відлягло від серця. Мабуть, у ньому сидів не Антипко, а просто якийсь запальний водій, мешканець Бовдурів.

Проминули гарне містечко Броди, тоді села, які чомусь називалися Гаї.

— До Олеська рукою подати, — кивнув тато на дорожній покажчик, звертаючи згідно за вказівником.

— Дивно, — мовила мама. — На карті цей поворот не зазначений.

Як тільки вони проїхали, покажчик повалився додолу, а з трави встав Антипко й радо потер руки.

— Їдьте, їдьте, — хихикнув він.

Сутеніло, і тато ввімкнув фари. Дорога бралася вгору, через поле, далі минули село, мальовничо розкидане на пагорбах. Нарешті вони побачили елегантний замок-палац, обведений муром. Стояв він темний і глухий. Угорі у високих вікнах тривожно відсвічувало червоне вечірнє крайнебо. На даху сиділа ворона. Вона тричі каркнула, тоді вклонилася вправо, вліво, наче артистка на сцені. Здавалося, вона чекала аплодисментів.

— Це не Олесько, — похитав головою тато. Він знав замок з фотографій.

Розпиталися в чоловіка, що гнав з пасовища корову, і той підтвердив: аякже, це Підгірці, вони звернули з траси наліво, а до Олеська було прямо.

Нічого не лишалося, як зупинятися на ночівлю. Наталочка протестувала, але тато з мамою мали серйозні аргументи. По-перше, вже пізно, Олеський замок однак зачинений. По-друге, Машка таки проколола шину, тому доведеться міняти колесо на запасне. По-третє, всі так зголодніли, що аж хочуть спати, тож треба швидше ставити намет, поки зовсім не споночіло. Вони вибрали місце під старезними липами, повечеряли рештками ще київських пирогів та й повлягалися.

Була тепла ніч, запаморочливо пахла липа, над головою співав соловей, аж котилася луна. Наталочка відчувала страшенну втому, бо й мала від чого втомитися, але заснути знову не могла. Спробуй засни, коли соловей лящить, мов ошалілий. Та й не тільки він: знадвору вчувалася дивна старовинна музика, ніби в замку грав клавесин.

Наталочка підвелася. Була вже доволі пізня година; тато з мамою солодко посапували. «Хоч визирну, що там», — вирішила вона й, піднявши полог, вибралася надвір.

Розквітлі липи, мов далекі галактики, тьмяно ясніли в пітьмі. Вікна замку світилися. Що діялося в ньому серед ночі?

Здригаючись від прохолоди, Наталочка попрошкувала по росі на пагорб, з якого можна було заглянути за мур. Із замку лилася музика, часом її заглушував сміх і веселі вигуки. У вікнах миготіли пари, що танцювали, і вона встигала помітити то блискучу сукню, то пишну перуку. «Чи там бува не знімають кіно? — подумала Наталочка. — Тільки чому так пізно?»

В'їзна брама, звечора наглухо замкнута, тепер була відчинена навстіж. До неї під'їхала карета з вороними кіньми, проторохтіла кам'яним містком і пірнула у вузький проїзд.

«Точно кінозйомки», — вирішила Наталочка й пішла слідом за каретою, щоб трішки подивитися, якщо не проженуть. Вона навіть забула, що боса й невдягнена, так їй стало цікаво.

Проминувши браму, опинилася у лункому дворі, вимощеному старим пощербленим камінням. Карета стояла перед сходами палацу; до неї підскочило двоє парубків у фраках, один відчинив дверцята, другий подав руку гарній панянці у чорній сукні й діамантовому віночку. Ніжкою в блискучому черевичку вона ступила на сходи й побігла ними догори, поволочивши довгий шлейф. Наталочці здалося, що на шлейфі сиділа жаба, але що не привидиться поночі?

Тим часом під'їхала ще одна карета, і парубки, не глянувши на дівчинку, заспішили туди. Тож вона, рада, що не спиняють, тихенько піднялася слідом за панянкою й увійшла до розкішної зали.

Залу заливало примарне синювате світло; сотні вогників, схожих на нічні світляки, мерехтіли в люстрах, відбивалися в високих дзеркалах і в лискучому паркеті. На стінах зблискувала старовинна зброя, що висіла між портретами пикатих панів у рицарських обладунках. З усього було видно, що тут зібралося добірне товариство: пані в вечірніх сукнях аж ряхтіли коштовними прикрасами, пани були в оксамитових жупанах з поначіплюваними важкими золотими медальйонами й коштовними перстенями. «Не інакше як бізнесмени. Бач, як вони розважаються», — подумала Наталочка, бо кінокамер ніде не було — мабуть, вона потрапила на бенкет, а не на кінозйомки.

До зали увійшли офіціанти з великими тацями, на яких стояли наповнені келихи. Почалося частування, зала сповнилася кришталевим передзвоном і гучними вигуками — гукали всі, але ніхто не слухав.

— Ваше здоров'я, пане Ненажерський!

— Ваше здоров'я, пане Жебрацький!

— І ваше також, пане Забіяцький! — розкланювалися череваті пани.

Пан Забіяцький підніс до рота келих завбільшки з відро й не опускав його, доки не вицмулив до дна.

Музика змінилася: замість старовинного клавесина тепер щось шкварчало, гарчало й верещало. Пани й панянки пішли танцювати, але то були якісь скажені танці. Пан Ненажерський хвицав ногами, пан Жебрацький виписував кренделі, а пан Забіяцький бігав навкарачки і радісно кувікав.

Панянка в чорній сукні теж танцювала, метляючи шлейфом. Але тепер навряд чи хтось назвав би її гарною: виклична посмішка і вульгарні жести не додавали їй чарівності. На її шлейфі таки сиділа жаба — справжня, жива жаба, що ворушилася, намагаючись утриматись на тканині. Невдовзі жаба перескочила панянці на голову і всілася на діамантах.

Тут Наталочка помітила, що інше панство

теж мало дивні прикраси. В однієї на шиї теліпався золотий скелетик, голову іншої обвив вуж, у того на зап'ясті зблискував череп, а замість ґудзиків біліли кістки.

Наталочці стало моторошно, і вона подумала, що їй варто тихенько чкуряти, доки її не помітили. Однак дівчинку перепинив офіціант, припрошуючи випити вина. Наталочка відмовилась, але він заповзявся пригостити її, пропонуючи пунш, грог і крюшон. Щоб відкараскатися, вона взяла чарку з крюшоном і пригубила її. Напій був холодний, шипучий, з приємним ананасовим запахом.

— Хвилинку уваги, вельмишановні гості, хвилинку уваги! Пан Щуровський має нам щось казати, — перекриваючи гомін, гукнув пан Ненажерський.

— А так, а так, — закланявся на всі боки панок з облізлою головою. — Високоповажні чорти, відьми й відьмаки, мушу просити вашої помочі.

«То от серед кого я опинилася», — збагнула Наталочка, терпнучи зі страху.

— Маю сміливість нагадати, що за Берестецьку битву в мене є перед вами певні заслуги, — провадив своє облізлий. — Я перекинувся від козаків на бік супротивників і видав їм важливі відомості.

— Чекай-но, — перебив його пан з черепами на зап'ястях. — Тебе ж нобілітували! Чи то мала винагорода? Хіба ти не дістав шляхетне прізвище Щуровський, а в козаків же ж був Щуром?

— Так, вельможний пане, з того все й почалося, — ще нижче уклонився облізлий. — На другий день після нобілітації у мене на... е-е-е... нижче спини прорізався маленький хвостик. Через півроку він звисав уже нижче жупана, а невдовзі досяг теперішніх розмірів і волочився далеко позад мене. Але то ще не все. Мої вуса дедалі настовбурчувались, і врешті почали стирчати, як у... як у... Та що казати! Високоповажні панове чорти, я перетворився на щура!

— Кажеш, хвіст виріс нижче спини? — уточнила стара відьма.

— А так, а так, достойна пані... Перепрошую, незручно показати...

— Тоді я не розумію, в чому заковика. Якби хвіст з'явився на спині чи, скажімо, збоку, то це було б ненормально. А він там, де й має бути, на законному місці, — міркувала стара. — Я не бачу жодної проблеми.

— Але ж пані! — мало не заплакав Щуровський. — Звідтоді я не можу жити між людей! Я ховаюся у свинарниках! А що я їм! Недозгризки, перепрошую на слові, самі недогризки, хіба що іноді трапиться вкрасти яйце в курнику... Краще б я здох, ніж таке життя!

— Чим ми можемо зарадити? — обірвав його скарги пан Ненажерський. — Вас козаків було сто тисяч, а зрадив один ти. Таких не приймає земля. Не скигли, зараз подадуть десерт, то почастуєшся.

Люстри погасли, і в дверях з'явилося щось велетенське, біле й мерехтливе. То був торт — ох, що за торт! Подиву гідний, неймовірний торт, прикрашений полуницями! Геніальний витвір кулінарного мистецтва, шедевр із вершків, яєць і цукру. Він, здавалось, аж колихався на величезному підносі, аж димував холодним туманом. Від нього розпливалися такі запаморочливо-солодкі пахощі, що в роті мимоволі набігала слинка. Тож Наталочка вельми втішилася, коли їй подали чималий шмат полунично-вершкового дива.

Раптом вона помітила, що хлопчина в чорному фраку щось шепотів на вухо панові Ненажерському, показуючи рукою на неї. Наталочка похолола: то був Антипко. Похапцем загорнувши торт у серветку, вона всунула його в кишеню й стала пробиратися до виходу. Але — надто пізно! Пан Ненажерський постукав перснем по келиху, вимагаючи тиші.

— Вельмишановні гості! — гукнув він. — Маємо одну нагальну справу. Усі пам'ятають, якими затятими ворогами були для нас козаки. Вони воювали за віру! А нас, чортів, мали нізащо! Добре, що наша велика приятелька цариця Катерина їх понищила. Але сьогодні до нас прокралася одна дівчинка, яка хоче врятувати козацьку шаблю. Що з нею зробити?

За кожним його реченням залою мовби прокочувався стогін, а після запитання знявся несамовитий вереск.

— Вхопити її! Задушити! Розірвати! — залементували чорти й відьмаки, зеленіючи від злості.

Наталочка метнулася до дверей, але їй миттю заступили дорогу. Тоді вона рвонула до інших, мало не збивши з ніг офіціанта, — з його таці посипалися чарки, і відьмаки завили, обминаючи осколки. Ця мить врятувала її; вона промчала сусідньою залою, тоді ще одною, заставленою череватими китайськими божками, вискочила в якісь двері й замалим не скотилася донизу крутими гвинтовими сходами.

— Лови! Тримай! Хапай її! — летіло за нею лиховісне виття.

Хтось кинувся їй навперейми, але вона ухилилася, хтось ухопив за плече, але вона вирвалася, і притьмом, наче з полум'я, вибігла з палацу, промчала через двір і опинилася перед замком. Там зміркувала, що до намету бігти не можна, щоб хоча б тато з мамою вціліли, і навмання гайнула в темряву.

Але що це? Обабіч двома рядами стояли жахливі примари, простягаючи до неї покручені руки. А позаду гупотіли відьмаки, хтось уже ловив її за кофтину... Наталочка спіткнулася і, летючи стрімголов додолу, щосили закричала: рятуйте!

І враз щось сталося. Вона не відразу збагнула, що. Відьмаки не накинулися на неї, не розшарпували її й не роздирали. У вухах стояло голосне гудіння: пі-біп! Дівчинка ледь-ледь підвела голову, і в очі їй вдарили сліпучі снопи світла. Ні, гуділо не в вухах, а насправді. І раптом вона зрозуміла: це ж Машка! Їхня добра, хороша Машка котилася до неї, пронизуючи темряву світлом фар. Та найдивніше, що за кермом нікого не було. Машка їхала сама собою!..

Відьомське кодло сахалося від яскравого світла, прожогом тікало в темряву, а хто не встигав утекти, завмирав на місці, перетворившись на кущ дурману чи болиголова. Один тільки щур перелякано метався між кущами, волочачи довгого хвоста.

З намету вилізли сонні мама й тато.

— Що за шум? Що тут коїться? — питали вони, протираючи очі.

— Машка покотилася... — не йняв віри тато. — А я ж добре пам'ятаю, що ставив її на ручне гальмо.

Він сів за кермо і підігнав автомобіль назад до намету, після чого тричі перевірив, чи гальма таки ввімкнуті, ще й для певності підклав під колеса каменюки.

А липи ясніли цвітом, наче сузір'я, а солов'ї тьохкали до самозабуття, і десь далеко в селі дзвінко співали півні. Була чудова літня ніч, в таку пору щось лихе могло хіба що примаритись.

Наталочка підійшла до Машки й погладила мокре від роси лобове скло:

— Ти молодчина, Машко. Яка ж ти молодчина! Я відчувала, що ти особлива, а ти, виявляється, чарівна.

Але машина німувала, ніби й не вона героїчно порозганяла чортяче кодло.

Після всього пережитого Наталочці страшенно захотілося їсти. Вона сягнула рукою в кишеню, вийняла торт... Ой леле! Замість полунично-вершкового дива вона тримала шмат свіжого коров'ячого гнояка, загорнутого в лопух.

— Ну й бенкет, — сплюнула Наталочка, витерла руку об росяну траву й полізла спати.

Розділ 9,
у якому Олеський замок перетворюється на пастку

Мабуть, гарнішого ранку ще не бувало на світі. Наче принц із казок Шехерезади, він зводив срібні, золоті й діамантові палаци, застеляв небо то блакитно-рожевими шовками, то осяйною сліпучою парчею. Трави йому вклонялися: «О ваша світлосте!» Квіти казали: «О сонцеликий!» А птаство дзвонило хвалу тисячоголосим хором.

Наталочка, проте, почувалася препогано. Вона не виспалась, її нудило.

— Певно, вчора на Козацьких Могилах об'їлася пундиків, — дорікнула мама.

Дівчинка скрушно зітхнула. Вона знала, що причина інша: крюшон на нічному бенкеті. А вона ж його тільки ледь скуштувала! Намагалася не згадувати, у що перетворився чудовий вершково-полуничний торт, бо тоді її просто вивертало.

— Але ж ти й порося, Наталочко! — знову дорікнула мама, роздивляючись плями від учорашнього «торта». — Де ти вимазала шорти й кофтину? Тепер їх треба прати.

Наталочка промовчала. Бувають думки, які вголос краще не висловлювати. Коли мама називає тебе поросям, то це, якщо поміркувати, зовсім не образливо, а навіть доволі дотепно. Бо ким тоді виявляється мама поросяти?

Замок стояв тихий і безлюдний, із зачиненою брамою, на якій виднілa табличка з застережливим надписом: «Триває ремонт. Стороннім вхід заборонено». Від нічного бенкету не лишилося ані сліду. Замість примар обабіч алеї, що вела до брами, зеленіли акуратно підрізані грабчаки з покрученими стовбурцями, а величезний крислатий осокір біля входу весело мерехтів сріблястим листям.

Наталочка заходилася коло Машки: витерла пилюку з панелі приладів, витрусила килимки з-під ніг, до сліпучого блиску начистила лобове скло.

— Це тобі за нічну допомогу, — стиха промовила вона, упоравшись. — Ти чудова машина, краща за найшикарніші джипи, дарма що трошки облуплена.

Та найгірше було те, що бідна Машка вночі проколола й другу шину.

— Доведеться шукати вулканізацію, — засмутився тато.

Поки він її шукав та ремонтував колеса, мама назбирала в лісі хмизу, розпалила вогнище і зготувала сніданок. То мав бути найкращий із сніданків.

Золоті від цвіту липи гуділи бджолами, наче віолончелі. Від пригаслого вогнища потягало димком — каша вдалася на славу, і в неї, крім попелу, майже нічого не нападало. Але Наталочка ледве ковтнула її раз-другий.

— На ось, випий. Тобі полегшає, — налила їй мама запашного чаю. — Тут кмин, деревій, звіробій і навіть золототисячник. Я нарвала їх біля замку. Просто диво, скільки тут цілющого зілля.

Нарешті вони зібралися. Наталочка востаннє оглянулася на палац. Він купався в сонячному сяйві, виблискував позолотою, стрункий і вишуканий, мов королевич. На даху сиділа замислена ворона. «З вами нічого не трапилось? Гай, гай!» — дивувалася вона.

Машка вискочила на трасу, і перед мандрівцями розгорнулася чудова картина: неозору долину ще сповивав ранковий туман, а з туману, мов з піни морської, здіймався сліпучобілий замок. Це й було Олесько — нарешті таки воно.

Руснаки приїхали рано: замок ще не відчинили. Біля входу юрмилося чимало туристів, і раз за разом прибували нові автобуси. Вочевидь Олесько належало до улюблених маршрутів. Тато подзвонив до пана Богдана, і той розповів, що привид більше не шаленів, але був засмучений і дуже наполегливо малював у повітрі щось схоже на косий язичницький хрест.

— Він тільки й уміє, що розмахувати руками, — розчаровано зауважила мама.

Нарешті увійшли до замку. За кованою брамою містився кам'яний дворик з гарматами, бійницями, з сувенірною крамничкою й касою, в якій продавали вхідні квитки.

Знову, як і в Дубні, Руснаки ретельно розпитали музейних працівників про шаблю: чи бува не заїжджав сюди один дрібний чоловічок і не пропонував купити його знахідку. І так само, як у Дубні, ті розводили руками: ніхто не заїжджав, ніхто не пропонував, — звісно, музей придбав би, але на жаль, на жаль...

На додачу до всього стало зрозуміло, що в загадці йшлося не про Олесько. Воно, без сумніву, було твердим горішком. Але далі горішка розгадка не просувалася. Марціану сватав бідний шляхтич-сусід, який на роль загадкового стрільця не дуже підходив, та й сватати він мав не одну, а принаймні кількох отих, що в жупанах... Ні, не витанцьовувалася розгадка.

Уперше в житті Наталочка опинилася в королівських покоях. Поки розпитували екскурсоводів, вона задивлялася на картини, люстри, дзеркала, на смішні натюрморти-обманки, якими колись розважався король із вельможним панством. Але її млоїло від згадки про Антипа, про свою угоду з ним — куди ж тепер їхати, де шукати шаблю? Правду казав Северин, вона по-дурному поквапилася з тією угодою...

— Яка розкіш! Який вигляд із вікон! Наталочко, ану-ж поглянь! — захоплювалася мама.

Краєвид був незрівнянний. Туман розвіявся, і скільки сягало око, видніли сонячні ласкаві ниви, а ген вдалині мріло містечко, сяючи маківкою церкви. Пречудова земля, заради неї варто було згромаджувати каміння, будувати замки, варто стояти на смерть, як ті триста козаків під Берестечком. Згадка про козаків, про шаблю боляче кольнула Наталочку.

— Ти сьогодні надто неуважна. Може, голодна? Ти ж майже не снідала, — сказала мама і звеліла йти до ресторану, щоб нагодувати дитину.

Проте в ресторан вони не потрапили.

— Вибачте, це ви розпитували екскурсоводів про шаблю? — перепинив їх на виході охоронець.

— Так, ми, — втішився тато, сподіваючись почути щось хороше.

— Мушу вас затримати. Щойно в музеї пропав дорогий експонат, — сказав охоронець.

— Це вони, вони! — вигулькнула з-за його плеча музейна бабулька. — Дівчинка крутилася біля натюрморта, мені це страх як не сподобалось. Тоді дивлюся — а його нема! Зник! Серед білого дня!

— І ви підозрюєте нас? — спробував перервати її тато, червоніючи від обурення, проте бабулька так просто не переривалася.

— Цінна картина! Початок вісімнадцятого століття! Твір невідомого майстра! Недавно відреставрований! — гнівно вигукувала вона, і її, схожі на кульбабовий пух, кучерики сріблилися довкола голови, наче німб праведниці.

— Мушу вас затримати, — повторив охоронець. — Самі розумієте, картину потрібно повернути.

— Це надовго? — спитала мама приреченим голосом.

— Як вийде. Без потреби вас не триматимуть. Прошу, пройдіть за мною.

Наталочка на хвилинку сторопіла. Тільки цього бракувало — щоб їх заарештували! Ох, що за мандрівка, наче біг з перешкодами... Треба якось рятуватися. Вона нищечком сховалася за тата (на щастя, охоронець не помітив її маневрів), тоді ступнула крок назад — і шуснула за одвірок. Там вдала, ніби пильно роздивляється погруддя королеви Барбари. Вродлива була королева... Але що робити далі, як непомітно вибратись надвір?

Погруддя оточила нова група туристів, і екскурсовод став оповідати їм про загадкову й романтичну долю королеви.

Наталочка замішалася між екскурсантів. Найкраще вийти разом з ними. Хоч це вдасться нескоро. Група переходила з зали до зали («Кахляна піч, вісімнадцяте століття... Камін Яна Собеського, чорний мармур»)...

Наталочка оглядала незліченні портрети Собеських, Даниловичів, Жевуських, — останні походили від козацького сотника Ревухи, величезну, на цілу залу, картину «Битва під Віднем» — у тій битві віденців виручив козак Юрій Кульчицький, за що дістав у нагороду мішки кави з турецького обозу і відкрив першу віденську кав'ярню...

Срібло, паркети, шпалери, коштовні сліди, що їх залишила в давній княжій твердині польська шляхта українського замісу... Колишня аптека, бібліотека...

Ця екскурсія ніколи не закінчиться, у туристів тисяча запитань, особливо у двох довготелесих студентів. Хоча іншим разом Наталочка й сама слухала б олеські історії, розвісивши вуха.

Х-ху, нарешті туристи вивалили в двір. Наталочка бочком посунулася до виходу, та ба: у брамі стояв охоронець. Вона позадкувала в «свою» групу. Туристів повели в підземелля (брр, вона по горло сита підземеллями, але краще вже це, ніж арешт). Обдивилися скарбницю, криницю, тріщини від землетрусу в грубелезних мурах.

Наталочці здалося, що маска чортика, вмурована над цямринням, глузливо підморгнула їй, достоту як Антипко, і їй стало ще тривожніше.

Далі туристи оглянули замкову кухню і стали прощатися з екскурсоводом. Наталочка глянула на браму: охоронець стояв там, наче вкопаний. Вийти було неможливо. Вона тихенько вернулася і лишилася в кухні сама. Це ж треба: в замку стільки залів, а їй, невеличкій дівчинці, нема де сховатися.

Над плитою висів закоптілий казан, такий завбільшки, що в ньому вмістилося б зо три

Наталочки — музейний експонат, буде страшний скандал, якщо в нього залізти. Серед кухні стояв стіл з дерев'яними лавами, за ним громіздкий чорний сервант з багатьма дверцятами — теж, напевно, експонат, але що вдієш...

Вона смикнула за крайні дверцята, і раптом разом з дверцятами відхилилася одна зі стойок серванта, відкривши хід у сусідню — у потаємну! — кімнату. Клас! Це те, що їй треба! Вона прослизнула, мов ящірка, і старанно зачинила за собою шафу.

Потайна кімната виявилася трохи дивною. Наталочка навіть сказала б, що то звичайний кабінет, якщо не зважати на склепінчасту стелю й вузькі вікна в товстелезних стінах. У ньому були ще одні двері — замкнені, вона це перевірила. Посередині теж стояв стіл — письмовий і начебто не старовинний, на ньому — стосики паперів, ручки, календар, телефон... Телефон! Наталочка прожогом схопила слухавку, в ній озвався зумер — телефон явно був сучасний.

Вона набрала номер — яке щастя, що вчора встигла його запам'ятати! Почулися довгі гудки, а тоді саме той голос, який — єдиний — міг чимось зарадити.

— Северине! Северине! Це ти? Нас заарештували! — закричала Наталочка. — Северине, чуєш, загадка не про Олеський замок!

— Я це підозрював, — озвався Северин.

— Заарештували тата й маму, а я сховалася, — лопотіла Наталочка, квaплячись усе розповісти. — Тут пропала якась картина... Не уявляю, як звідси вибратись... — раптом вона з жахом почула, що в двері вставляють ключа. — Северине, сюди йдуть! Зараз мене теж заарештують! — і, перш ніж двері відчинилися, вона кинула слухавку.

Замість охоронців у дверях з'явився мирний на вигляд цивільний чоловік і здивовано звів брови:

— Дівчинко, що ти тут робиш?

Треба було викручуватися.

— А... а хто ви? — замість відповіді й собі запитала Наталочка.

— Я директор музею, це мій кабінет, — він зиркнув на чорну шафу: — Допустимо, я здогадуюся, як ти сюди потрапила... Ти часом не та дівчинка, яку розшукують по всьому замку?

Наталочку обсипало морозом: ось її й викрито!

— Ми не брали картину! Просто я на неї дивилася, але ми нічого не чіпали! — перелякано заторохтіла вона.

— Картина на місці, її ніхто не брав. Сталося прикре непорозуміння, — втомлено зітхнув директор. — Твої батьки хвилюються, де ти поділася.

Святий Боже, що вона чує? Невже вони на волі? І їй не загрожує ув'язнення? Вона десять разів перепитала директора, чи картина таки знайшлася, і він десять разів повторив їй те саме.

Тільки після цього Наталочка відважилася залишити його потайний кабінет. Вона вийшла в двері, ззовні абсолютно не замасковані, і побачила стурбованих батьків.

— Тату! Мамо! Вас випустили? — кинулася до них.

Тато зрадів, мама розсердилася, бо перехвилювалася, хоча, звичайно, теж зраділа. Виявилося, що їх ніхто й не заарештовував, просто хотіли з'ясувати обставини.

— Будь ласка, вибачте! Не знаю, що на мене найшло, — метушилася коло них музейна бабулька. — Я точно бачила, що натюрморт пропав. Навіть павутинку зняла з того місця! Ніби гіпноз! Ніби наслано!

Наталочка кивнула: так і було. Той чортик у підвалі підморгував їй неспроста.

— Ви часом не помітили кульгавого хлопця, елегантного, прилизаного, з двома горбочками на голові? — спитала вона музейну доглядачку.

— І бачила, і говорила з ним. Дуже вихований хлопець. Тоді глядь — пропав натюрморт! Ви не уявляєте, як я сполошилася! Бо наш музей уже колись пограбували... — й вона почала розповідати довгу історію багаторічної давності про те, як у замку пропало кілька картин і як їх розшукували по всіх світах.

Наталочка багатозначно перезирнулася з батьками. Усе ясно. Цю пастку їм підлаштував Антип. Здогадався або й підслухав, що Руснаки заїдуть в Олесько, і підлаштував. Знов рахунок на його користь. На виграш майже не лишалося надії.

Врешті-решт Руснаки попрощалися з бабусею, — як тепер виявилося, дуже приязною, палкою захисницею старовини.

Але куди їм податися далі? Зайшли в ресторан, і смачний обід трохи підняв їм настрій.

— Гм, язичницький хрест... Чи мова не про давню фортецю Тустань? До неї на тих скелях було капище, — розмірковував тато, наминаючи гарячий борщ з грибними вушками.

Але мама вважала інакше.

— Не панни, а в узорах жупани; стрілець їх сватав, та й голову склав, — повторювала вона Антипкову загадку. — Схоже на Кам'янець-Подільський. Тамтешня фортеця — дуже твердий горіх.

— Тустань теж була незборима!

— А панни? Може, то вежі?

— Або скелі-шпичаки, на яких стояла Тустань! На них збереглися язичницькі знаки — от тобі й узорчасті жупани!

— Вежі теж можуть мати різьблені прикраси!

— А косий хрест? — боронив Тустань тато.

— А стрілець? Часом не пан Володийовський? Він загинув у Кам'янці! — обстоювала своє мама.

— Володийовський був не стрілець, а фехтувальник.

— Та й невже ж не вмів стріляти? Такий відомий воїн!

Тустані бракувало стрільця. Кам'янцеві — косого хреста. І вже минав полудень.

Наталочка зважувала довго і старанно. Антип точно торочив про Кам'янець. Хоча його словам навряд чи варто вірити. Антипова загадка більше підходила до Кам'янця. Привидова підказка — до Тустані. Проте разом загадка з підказкою не в'язалися, хоч плач.

Тільки ж плакати Наталочка не збиралася. І сидіти, як пришпилена, вона теж не буде. Тож рубонула (або пан, або пропав):

— Їдьмо в Кам’янець!

Розділ 10, у якому з Машкою стаються небезпечні дорожньо-транспортні пригоди

Ех, мандрівочка — рідна тіточка! Так казали козаки. Чи, може, чумаки? Наталочка не знала, хто саме, але гарно вони казали. Машка летіла, мов ластівка, тільки колеса шелестіли по асфальту.

— Дівчата, не хвилюйтесь! У машини ноги круглі — до Кам'янця вона вмить добіжить! — весело примовляв тато, тиснучи на газ.

Наталочка теж підбадьорилась. Ще не пізно, ще тільки полудень, і вона ще виграє в Антипка свій заклад. Головне — не хнюпити носа! Тримати удар, як казав Северин.

За Зборовом почався дощ.

За Тернополем прояснилося. Теплий асфальт запарував, а прямісінько над дорогою виринула веселка.

— Є прикмета: хто пройде під веселкою, буде щасливий, — згадала мама.

— То їдьмо швидше! — заквапилася Наталочка, бо саме сьогодні дрібка щастя їм не завадила б.

Тато натиснув на газ і обігнав вантажівку, водій якої, галантно поступившись дорогою, посигналив їм і помахав рукою.

— Тату! Ти бачив? Це той самий водій! З трактором, ой ні, ой гляньте, тепер він везе чорно-рябого бугая! Ми обганяли його, коли їхали з Києва, — залопотіла Наталочка, махаючи у відповідь руками, як вітряк.

— Отже, маємо знайомого попутника, — усміхнувся тато.

Машка намотувала кілометр за кілометром, а веселка стояла попереду, мов розчинена райська брама.

У Микулинцях вельми запахло свіжим

хлібом. Довелося спинитися й купити ще теплий калач. Наталочка відразу й захрумкотіла.

За Теребовлею обігнали ту саму вантажівку. Все було майже так само, як тоді, коли Руснаки безжурно рушили в мандрівку. Так само Наталочка перелічувала річки:

— Сьогодні ми переїхали Золочівку, Стрипу, Серет і маленьку Гнізну, але на жодній не спинилися, бо дуже поспішаємо. А ще зовсім недалечко текла річка Золота Липа. Ото б у ній скупатися!

— Доню моя, для тебе воно зайве. За тобою й без того золоті верби ростуть, куди не ступиш, — зауважила мама.

Наталочка набурмосилась, але тільки на хвильку: вони перемайнули край села Кобиловолоки, і дівчинка зайшлася сміхом:

— Оце село, ха-ха! Тут довкола не назви, а шедеври! Кобиловолоки! Болязуби! Або Ракобовти! Або Паликорови! Або ще краще — Печихвости! Сміхота! Там що — живуть якісь хвостоїди?

— Та то, бачиш, козаки не раз хитрували: заманювали вороже військо в таке місце, щоб вороги не мали куди розбігтися. Тоді встромляли гарячі головешки бикам під хвости — і оскаженіле стадо стоптувало ворогів до цурки, — пояснив тато. — Від того й Печихвости, і Паликорови.

— Он як...

Вона знову відчула легкий щем. І тут землю збито копитами козацьких коней. І тут, і скрізь, де вони їдуть. *Ой у полі жито копитами збито, під білою березою козаченька вбито...* Скоріше б дістатися до Кам'янця і врятувати шаблю.

Дорога ставала щораз веселіша: виписувала такі круті зигзаги, що тільки держись.

— Що воно? Ген попереду? — спитала мама, коли Машка вихопилася на черговий закрут.

На узбіччі стояли дві автівки, біля них мордовороти в чорних масках і... Антипко. Впоперек дороги лежала чимала колода.

— Бож-же ж мій, дорожній рекет! — вигукнув тато.

— Ого! Як у кіно!

— Негайно гальмуй! Повертай! Розвертайся! — перестрашилася мама.

— Пізно! Нас однак доженуть.

І раптом позаду засигналила вантажівка. То ґречний водій, якого вони щойно обігнали, показував татові, щоб поступився дорогою. Тато збочив, пригальмовуючи, і вантажівка промчала вперед. Це справді було кіно! Вона пішла зустрічною смугою, точніше, самим її краєм, де попри колоду лишилося трішечки неперегородженого асфальту, проте не вписалася, могутні колеса зачепили колоду, і враз...

Бугай ревнув, щось торохнуло, щось сяйнуло, мов сліпучий фонтан. То колода, описавши півколо, другим кінцем вгатила автомобіль мордоворотів прямісінько в лобове скло, сипнувши осколками!

— Оце клас!!!

Вантажівка стрімко віддалялася. Дорога була вільна. Тато щосили натис на газ. З другого авта вискочив чоловік у чорному костюмі й екстравагантна дама з пекельно-червоним волоссям — то були старий чорт і чортова, себто Антипкова, мати. Обоє несамовито лементували. Машка зі свистом промчала повз них.

Наталочка аж підскакувала на сидінні і корчила в заднє скло усі, які вміла, глузливі гримаси, а її мама вдавала, що нічого не помічає.

Вантажівку вони догнали за кількома поворотами.

— За мене не хвилюйтесь, я тут неподалік завертаю в село, — гукнув їм ґречний водій. — А ви пильнуйте, щоб бандюки не догнали вас на безлюдді.

Руснаки розпрощалися з водієм, щонайщиріше махаючи руками.

— Чого бандюкам нас доганяти? Їхнє авто розбили не ми, — зауважила мама.

У небі ще й досі стояла веселка — далека, як і раніш — ген там, попереду, лився дощ із лілової хмари.

Наталочці хотілося спинитися де-небудь на високому пагорбі з гарним краєвидом, випити чаю з маминого термоса і бодай трішки перепочити після своїх сьогоднішніх хвилювань. Та цим разом було не до зупинок.

— Ні, погоні немає, — вкотре озирнулася вона й раптом скрикнула: — Тату, он вони! Он!

Позаду вигулькнув знайомий чорний джип.

Що то була за погоня! Машка мчала, аж захлинався мотор. Здавалося, вона вже не торкалася колесами асфальту, а просто летіла над мокрою дорогою, блискучою від недавнього дощу. Проте чорний джип невблаганно наближався... Поворот, ще поворот — Машка ледве вписалася, залетівши далеко на зустрічну смугу — і знов поворот на самій верхівці горба — далі політ, зблиск, тріск...

Наталочка обережно розплющила очі. Перед ними цвіла веселка. Всі були цілі: тато, мама і, здається, Машка теж. Вона ніжно похитувалася: хить-хить. Мов колиска. Лишенько — Руснаки сиділи... в кроні розлогого дерева.

Батьки розгублено оглядалися.

— Їхали, возилися, за дуба зачепилися, — тихенько зітхнула мама.

— Не за дуба, серденько, а за вербу... — якось невпевнено уточнив тато. — Ох, на дверцях вм'ятина... І на капоті теж...

— Ми живі, і це головне, — заспокоїла його мама. — Питання в тому, як звідси злізти.

Злізати не було як. Краще було навіть не соватися, бо Машка загрозливо перехилялася. А з горба, з дороги, з якої вони злетіли, на Руснаків зирив Антипко зі своїми чортячими батьками і глузливо кривлявся — що ж, тепер він міг кривлятися, тепер рахунок знову на його користь.

Наталочка відвернулася, намагаючись не дивитися на його мармизу.

— Гей, унизу! Ого-гов! — гукнув Антип, регочучи.

— Похитайтесь, погойдайтесь, поки якесь гусеня забере вас, як Телесиків! — і собі глузувала чортова мати.

Нарешті їхні мармизи зникли, захурчав мотор — вони поїхали геть.

А Руснакам тільки й лишилося, що чекати, доки прибудуть рятувальники. Хоча хтозна, чи вони прибудуть, бо, здається, з траси потерпілих Руснаків не видно. Про шаблю краще було й не думати.

Світило сонце, повівав вітер, від чого вербове гілля прикро потріскувало. Хвилини розтягалися, мов жуйка. Ставало все тривожніше.

— *Стоїть гора високая,* — раптом заспівала мама.

Авжеж, гора стояла: та, з якої вони щойно успішно злетіли на крутому віражі.

— *Попід горою гай, гай...*

І гай зеленів, достеменно як у пісні. Замість річки синіло невеличке озерце, мабуть, налите недавнім дощем, а замість долини розкинувся порожній покинутий кар'єр, у якому не видно було ні душі. Машка погойдувалася, наче ті пісенні човни, про які співала мама, і це було не надто приємно. Та, як не дивно, пісня розганяла тривогу й огортала тихою ласкою.

Тато з мамою вже на два голоси співали про зажурену вербу, з якої з холодами осиплеться листячко. Гай-гай, головне щоб Руснаки не осипалися з гілля, доки їх не виручать. Наталочка задивилася на гайок, що зеленів над кар'єром. Якби тут був Северин, він би напевно щось придумав. Пластунів цього вчать: знаходити вихід з найскрутніших ситуацій. А вона ж не має пластунських навиків... Та невже вона сидітиме, склавши руки?

Раптом її осяяло.

— Мамо, дай дзеркальце!

— А й справді, причепурися, бо геть розпатлалася.

Проте Наталочка придумала інше. Сонячний зайчик побіг до гаю. Може, там хтось є. Може, помітить? Блись, блись-блись. Хай це буде схоже на азбуку Морзе, дарма що вона її не знає. Блись, блись-блись. Поки тато з мамою переспівали всі, які знали, пісні. Поки й сонце сховалося за хмару.

І тоді...

Тоді на дорозі почулося надсадне важке гудіння. Над дорогою вистромилася стріла підйомного крана.

— Агов, літуни! Живі-здорові? Та вони тут виспівують, мов солов'ї!

Нарешті! Рятувальники!

Спочатку з верби зняли Наталочку. Потім маму. Потім тата. Наприкінці заходилися знімати Машку.

— Ну й деньочок! Ну й пригоди! — примовляв молоденький поліцейський, що ретельно складав акт про аварію. — Одне авто розтрощила колода. І звідки вона на нього звалилася на рівному місці? Ви-от залетіли на вербу. Добре, що додумалися подавати світлові сигнали.

— Ми? Сигналили? — перезирнулися тато з мамою.

— Еге ж, тому пастушки й додивилися, що на вербі щось червоніє та ще й поблискує, і повідомили нам, — бадьоро пояснив поліцейський. — А одні, вибачайте на слові, придурки роздражнили бугая, і той ущент розбив їхній джип «Черокі». Дама з джипа лютувала, аж пінилась. А що з бугая візьмеш? Самі й винні!

— Бугай чорно-рябий? — уточнила Наталочка.

— А ти, мала, звідки знаєш? — здивувався поліцейський.

— Джип чорний, а в дами вогненне червоне волосся, чи не так?

— Ну, мала... — ще дужче здивувався поліцейський, та враз посуворішав: — Ви мені зуби не заговорюйте. Ви перевищили швидкість!

Наталочка мало не застрибала з утіхи: без сумніву, бугай розбив Антипків автомобіль! Видно, його батьки, загнавши Руснаків на вербу, таки відшукали ґречного водія, от і заробили!

Тим часом стріла підйомного крана обережно поставила Машку на дорогу. Машина, на диво, була справна, якщо не зважати на вм'ятини, отож тато трохи розпогодився.

— Оце щасливчики, — не йняв віри поліцейський. — Можна сказати, обійшлися переляком.

— То все веселка, — радісно пояснила Наталочка. — Ми їхали під веселкою!

— Ви мені не вішайте локшину на вуха, — розсердився поліцейський, густо почервонівши. — Бугай, колода, а ці-от під веселкою... Ну й деньочок!

Потихеньку Руснаки рушили.

— Тату, мамо, ви зрозуміли? — заторохтіла Наталочка, бо вони нарешті знову були втрьох. — Бугай пошматував Антипків джип! Антипко вже не шкодитиме! Може, ми ще й врятуємо шаблю?

Тато зітхав, чухав потилицю, згадуючи про штраф, який йому доведеться заплатити. Мама мовчала, не відриваючи погляду від дороги. Після польоту на вербу вона помітно посуворішала.

Але, попри все, вони наближалися до Кам'янця.

Розділ 11,
у якому мандрівників підстерігають суцільні несподіванки

Усе було намарно!

У Кам'янець-Подільський Руснаки спізнилися. В музеї закінчився робочий день, тож фортеця була замкнута. Не було в кого розпитати, чи сватав якихось дівчат пан Володийовський і чи влучно він стріляв, тому вони не були певні, що правильно розгадали Антипкову загадку.

Повештавшись перед зачиненою брамою, Руснаки зайшли повечеряти в ресторан коло Турецького мосту. Фортеця видніла звідси, як на долоні, — грандіозна, незборима твердиня, справді горішок над горішками. Її вежі стриміли, мов стрункі гордовиті панни, проте Наталочка даремно вишукувала на них якісь оздоби. Їхні «жупани» не були узорчасті, і це не додавало оптимізму.

Наталочці ані їлося, ані пилося, її охопив такий безпросвітний розпач, що й на світ не хотілося дивитись. А тут ще й пісня — бадьора, переможна, мовби знущалася з неї:

Ой на горі та женці жнуть.
А попід горою, яром-долиною
Козаки йдуть.
Гей, долиною, гей, широкою
Козаки йдуть!

— Треба було їхати до Тустані, — й собі бурчав тато.

Тільки пізно вже їхати, вони все одно не встигнуть. Внизу, в кам'яному каньйоні річки Смотрич гусли вечірні сутінки, над срібним плесом брався туман, показуючи, що завтра буде погода, буде їм гарно їхати до Києва, тільки ж — о-хо-хо... — з порожніми руками.

Ще лишалося хистке, як павутинка, сподівання, що власник шаблі скоро з'явиться, що зустріч таки в Кам'янці. Може, перед фортецею? На Турецькому мості, про який торочив Антип?

— Доню, не муч себе. Ми зробили, що могли, — ласкава мамина долоня лягла на Наталоччине плече.

Дівчинці від того не полегшало — навпаки, у горлі застряг давкий клубок. Бідолашна мама! Вона на знала всієї правди. Вона не підозрювала, що від завтра її люба донечка мусить стати брехухою.

Чоловіки за сусіднім столиком взялися підспівувати:

Гей, вернися, Сагайдачний!

— Ох я дурень! — раптом підскочив тато, гучно ляснувши себе по лобі. — Як я не здогадався! Сагайдачний! Ми мали їхати в Хотин!

— Мій друже, — зауважила мама, — сядь, не лякай офіціантів і поясни все до ладу.

Хоча було й без того ясно. Вони забули про Хотин і Хотинську фортецю, а саме там колись відбулася грандіозна битва, у якій смертельно поранили Петра Сагайдачного, славетного гетьмана, знаменитого стрільця з лука-сагайдака, тобто там був і горіх, і стрілець, і все, що треба.

За хвилину Руснаки вже сиділи в автомобілі. Перемайнули міст через Смотрич, — річка сяйнула на закруті, наче шаблюка; перелетіли село Атаки, — його назва теж кольнула згадкою про давні бої. За Атаками дорога стрімко пішла вгору.

— Тату, тату! Косий хрест! Та ж то літера «Х»! — залементувала Наталочка, тицяючи в скло на дорожній покажчик. — Привид підказував, щоб ми їхали в Хотин!

Машка мчала з шаленою швидкістю. На щастя, на трасі не було поліції, інакше тата не минув би ще один штраф. Вони проїхали містечком і, скреготнувши гальмами, спинилися на високій горі.

На тлі сутінкового неба височів суворий

бронзовий гетьман. Внизу широко послалося ясне вечорове плесо Дністра з окрайцем місяця-молодика. Фортеця стояла не на горі, а нижче, на пагорбі над водою. Напрочуд ошатна, струнка фортеця: вежі, мов панни в дахах-капелюшках, між ними високі акуратні зубчасті мури.

— Гляньте... В узорах жупани! — аж засміялася Наталочка й показала на мур.

Хоча й посутеніло, але не настільки, щоб Руснаки не розгледіли узорів, викладених червоною цеглою на світлих стінах.

— Фортеця мов у вишиванці... Гарно, — замилувалася мама.

Усе було точнісінько як у загадці. Все співпадало: і загадка, і привидова підказка. Цього разу вони не помилилися.

— Тату, мамо, раптом у фортеці бенкет, то вважайте, не їжте тортів, і крюшону теж не пийте, — про всяк випадок попередила Наталочка.

— Який бенкет! Глухо, як у вусі, — знизав плечима тато.

Авжеж. Фортеця німувала. Ніде не видніло ані душі. Невже вони спізнилися? Після довгої нелегкої дороги, після стількох пригод і небезпек...

Наталочка знову відчула гіркоту. Ні, з таким кінцем мандрівки вона не могла змиритися. Вона ще почекає. Хоч би й сокири з неба падали — не піде звідси.

Руснаки поблукали горбами навколо фортеці, понипали скрізь, де можна було понипати, постояли на високім фортечнім мурі над Дністром. У Дністрі висівалися зорі. Звичайно, і в небі теж.

— Може, підемо? Таж не будемо тут ночувати, — врешті наважилася мама.

— Ні.

Спадала роса й холодила ноги. Гостро й гірко пах полин. На душі теж було полиново.

І враз... То не привиділося: з вулиці, що вела сюди з містечка, засяяли два снопи світла, і до бронзового Сагайдачного підкотив автомобіль. Слідом за ним зачмихала і теж спинилася якась стара тарадайка. З першої машини вибрався дебелий парубійко. У світлі ліхтаря було добре видно його накачані м'язи й коротко стрижену потилицю. З тарадайки виліз щуплий, невеличкого зросту чоловічок. В руці він тримав щось довгасте. «Власник шаблі», — здогадалася Наталочка, бо він був достоту такий, як описували пластуни. Обидва потисли один одному руки.

— Ущипніть мене за ніс, — попросив тато, не вірячи власним очам.

Але мама не стала його щипати.

— Годі дивитися, ходімо до них, — мовила вона й рішуче покрокувала до прибулих.

Та поки Руснаки підходили, з міста вискочило таксі, і з нього витрусилися старий чорт, чортиця й Антипко, що кульгав дужче, ніж звичайно. Рука в старого чорта була перебинтована. Мабуть, від бугая перепало не тільки їхньому джипові. Антипко з глумливою церемонністю вклонився Наталочці:

— Здоровенькі були! Як не дивно, ви майже встигли, — попри всю самовпевненість він був явно не в дусі.

— Чому «майже»? Ми виграли! — засміялася Наталочка.

— Та невже? Напевно, шабля вже у вас? Напевно, ви знаєте, як її дістати без грошей? — єхидненько запитав Антипко.

— Не хвилюйся, дістанемо, — мовила дівчинка, але всередині їй похололо.

Досі Руснаки не переймалися, як їм отримати шаблю. Головне було її знайти. «А як прийде врем'ячко, то достигне яблучко», — казала в таких випадках мама. Та от врем'ячко прийшло, а яблучко не достигало. Ба й більше — навіть не зав'язалося. Грошей на шаблю в них не вистачить, хоч батьки й зібрали все, що відклали на літню відпустку, але ж воно дріб'язок. Однак треба було щось робити.

Першим за справу взявся тато. Він почав здалеку, насамперед нагадав миршавому чоловічку, що знайдена реліквія належить державі, що при передачі її в музей той дістане значну винагороду, а за знищення чи вивіз за кордон доведеться відповідати за законом; тато погрожував зловмисникам страшною карою, метаючи блискавки, наче Зевс-громовержець.

— А хто докаже, що я знайшов шаблю? — зухвало вишкірився миршавий. — Нічого я не знаходив!

Тато з несподіванки урвав його на півслові.

— Як то ні? Таж усе Берестечко гомоніло! Ви ж усім розпатякали, що знайшли її... — дещо розгубився він.

— А я почув про шаблю від людей! От і казав! Хіба мало про що люди говорять? Язик кісток не має! — огризнувся миршавий.

— А в руках у вас що — ось те, загорнуте?

— А нічого! Обшуку не зробите, не маєте права!

— Не маєте, — вставив слово й дебелий, вочевидь добре обізнаний з кримінальним кодексом.

Татова спроба закінчилася провалом. Антипкова мармиза розпливалася від задоволення.

Тоді в атаку пішла мама. Вона промовляла тихо й задушевно, а далі все палкіше, все завзятіше. Про честь і звитягу, про духовність і славу, про історичну пам'ять. Цитувала Шевченка. Її промова мала успіх.

— Атож, слава не вмре, не поляже... Я теж люблю Шевченка. Навіть мріяв зіграти в самодіяльному театрі Назара Стодолю... Щоправда, не зіграв, — від розчулення миршавий мало не просльозився, та, глянувши на старого чорта, передумав. — Звичайно, шаблю я віддам... За належну ціну.

— Само собою, — підтакнув йому дебелий таким тоном, що не випадало сумніватися: його ціна буде найналежніша.

Антипко цвів, наче мак у городі. Мав від чого цвісти. У Наталочки виникла підозра, що чорти з'явилися тут неспроста, що вони хоч і мовчать, але дивним чином впливають на миршавого й дебелого, тому ті такі непоступливі. Але вона не встигла про це поміркувати.

Раптом перед Руснаками заколихалася напівпрозора біла постать. То з'явився привид-патріот. Він, як завжди, загарячкував, скрутив дулю миршавому, а другу — дебелому, вхопився за голову і глухо застогнав.

— Що це? — здивувався миршавий, а дебелий зблід, як полотно.

— Це наш знайомий привид, — ступнула крок уперед Наталочка. Тепер настала її черга йти в словесну атаку. — Привид вам каже, що не залишить вас у спокої, доки шабля не опиниться в безпечному місці. Він промовляє жестами глухонімих, які я трохи розумію... Привид каже, що лякатиме вашу дружину і дітей, і жодної ночі не дасть вам навіть задрімати!

Привид спершу здивувався, бо нічого подібного не казав, а тоді схвально закивав головою, мовляв, так і буде. Дебелий парубійко умлівав з переляку і, мабуть, уже й дременув би геть, якби його не спиняла чортиця. Миршавий теж трохи розгубився, але старий чорт шепнув йому щось підбадьорливе, і він оговтався.

— Ти, мала, не заливай. Наукою доказано, що привидів не буває, — сказав він.

— Як не буває, коли ж ось він перед вами! — аж викрикнула Наталочка.

— Це якесь не досліджене наукою явище. Обман зору або гра світла, — розмірковував миршавий. — Або ж це влаштували для туристів, щоб приманювати їх у фортецю.

Від нечуваного обурення привид отетерів. Тоді різко крутнувся і щез.

— От, казав я, що привидів не буває, — остаточно збадьорився миршавий, та й парубійко почав поволі приходити до тями.

Антипко тріумфував. Наталочка похнюпилася. Красномовство Русаків вичерпалось, чекати допомоги не було звідки. Проте вона несподівано надійшла. Точніше, над'їхала: з міста враз вигулькнув автобус, і з нього висипали... львівські пластуни! Наталочка, як ластівка, кинулася до них:

— Северине! Васильку! Звідки ви тут?

— Та, бачиш, Василько вирішив, що в загадці йдеться про Хотин. То ми зібралися й приїхали, — пояснив Северин, а Василько задоволено усміхався.

— Ага. Так і є. Он покупець, а то — власник шаблі, — кивнула Наталочка на дебелого й миршавого. — Тільки з ними неможливо домовитись, бо заважають чорти.

— Он як? — повів бровою Северин.

Мабуть, він тут-таки щось придумав, бо рвучко підійшов до компанії, що зібралася на горі.

— Добрий вечір, шановний пане, — звернувся він до миршавого. — Пластуни шукали вас у Берестечку, і ось нарешті знайшли. Ми маємо для вас привабливу пропозицію. Однак перш ніж про щось говорити, хочемо переконатися, що шабля справжня, що це не якась фальшивка.

— Як це — фальшивка? — обурився той.

— Тепер багато фальшивок, — незворушно зауважив Северин. — Антикварні речі стали модними, тому їх підробляють. Може, ваша шабля теж не варта цих усіх перемовин.

— Ах, не варта?! — скипів миршавий.

Антипко хотів щось заперечити, та не встиг: чоловічок уже розгорнув зім'яту полотнину. В сутінках сяйнула гартована сталь. Це була справжня козацька шабля, схожа на місяць-молодик. У волинському торфі вона напрочуд добре збереглася. Руків'я мала просте, без золота й діамантів, і було не схоже, щоб миршавий їх повиколупував.

Усі дивилися на шаблю, мов зачаровані. Тільки з Антипком коїлося щось незрозуміле: він пересмикував плечима, чухав ріжки, переступав з ноги на ногу, наче йому нестерпно закортіло в туалет.

— Ні... Ні... Я біля неї не встою! — раптом простогнав він, і з поросячим виском стрімголов чкурнув із хотинської гори.

Старий чорт зітхнув, крекнув, махнув перебинтованою рукою і теж потрюхикав донизу слідом за сином. Тільки чортиця ще якось трималася, проте її руки трусилися, губи перекосилися, вона щось пробелькотіла, однак їй забракло повітря, тож, аби не вдушитися, вона й собі кинулася пріч. Знизу, з кущів бузини, ще довго чулося ображене порохкування та попискування.

— А тепер поговоримо без чортів, — сказав Северин.

Він пропонував таке. Оскільки пластуни з його гурту мріють стати журналістами, вони вмістять публікації про добродійний вчинок шановного пана на сторінці «Пласту» у фейсбуці, на своїх власних сторінках, у «Високому Замку» та ще кількох виданнях, а також знімуть ролик для телебачення і ютубу. Це неабияка моральна винагорода, не кажучи про те, що, врешті-решт, шановний пан отримає й належні йому гроші.

Наталочка слухала й раділа. Северин чудово все придумав! Він кмітливий і рішучий, тож цей словесний поєдинок він безперечно виграє.

— А якщо я не погоджуся? — усе ще впирався миршавий.

— Тоді, — єхидно усміхнувся Северин, — у тих самих інформаційних ресурсах ми зробимо публікації про ваш аморальний вчинок, який призвів до знищення важливої козацької реліквії задля власної вигоди. І тоді до справи підключаться правоохоронні органи.

Дебелий мовчки стояв трохи осторонь. Він повільно й важко міркував. Відколи втекли чорти, він пригадав собі, що перед битвою козаки освятили зброю. І хоч він не був надто побожний, проте не мав певності, що Бога справді нема, а тому про всяк випадок трохи Його боявся. Однак шабля йому подобалась, та й гроші за неї можна було взяти фантастичні...

— Ти чого мовчиш? Я що, задурно їхав аж у Хотин? — раптом напустився на нього миршавий. — Кажи прямо: ти купуєш шаблю чи ні?

— Купую, — наважився дебелий.

І тут...

Ох, тут сталося щось цілком неймовірне. Над фортецею, спочатку над крайньою вежею, потім над сусідньою, далі над усіма п'ятьма, над двором і мурами заколихалися білі постаті. То були привиди, і їх ставало все більше. Вони виповзали з кам'яних підземель, здіймалися з довколишніх ярів і пагорбів, гуртуючись у загони. Попереду виступав їхній знайомий привид, за ним пливли мужні, хоча й напівпрозорі козаки, що полягли в Хотинській битві, а бронзовий гетьман на горі радо вітав своє славне товариство. Далі ступали хотинські повстанці, розстріляні в фортеці, жінки й чоловіки, незліченні мученики і борці за волю. Вони насувалися, суворі й невблаганні, облягаючи гору...

Не тямлячись від переляку, дебелий парубійко якось боком посунувся до свого автомобіля і за хвильку сидів у ньому, заклацнувши дверцята. Для більшої певності ще й голову заховав під сидінням. Про шаблю він і думати забув. Зараз він понад усе прагнув тільки одного: вийти живим з усієї цієї катавасії.

Миршавий теж знітився і зіщулився, бо хоч він і не вірив у привидів, але тепер на нього насувалося аж надто багато цих невивчених наукою створінь, можливо, дуже й дуже небезпечних...

— Хлопці, хлопці, спиніть їх... Я ж не проти... я ж патріот... Я продам шаблю нашій рідній українській державі... Хай це буде музей чи, може, банк, який непогано заплатить... — залепетав він і, тяжко зітхнувши, простяг шаблю Наталоччиній матері.

Мама взяла її обережно й урочисто. Тато по-лицарськи став на коліно й поцілував холодну сталь.

І враз довкола його голови спалахнуло сліпуче світло. Ні, то був не німб праведника, — просто його осяяв фарами, під'їжджаючи, маршрутний автобус «Київ—Чернівці». Двері автобуса відчинилися, і в них з'явився пан Богдан власною персоною. Після ранкової телефонної розмови він не знаходив собі місця, тож врешті теж помчав навздогін за шаблею. За ним з автобуса висипали численні пасажири, бо ж не щодень випадає подивитися, як рятують історичну реліквію.

— О-о, я бачу, що все вже в порядку? — засяяв пан Богдан, і кивнув до свого давнього приятеля привида: — Бачиш, друже, ти даремно хвилювався. Я ж казав, що Руснаки — люди надійні.

На знак згоди привид замахав руками, закивав головою, радісно обняв пана Богдана, тата, далі вклонився мамі, Наталочці, пластунам, і пішов обнімати всіх підряд. Інші привиди теж радісно кланялися їм усім, а тоді по двоє, по троє повільно попливли назад до фортеці, щоб у темряві й тиші міркувати про те, який неспокійний теперішній світ.

На горі зчинився веселий шарварок, усі збуджено гомоніли, кожен хотів бодай торкнутися до праведної козацької зброї.

Наталочка тихенько підійшла до Машки й погладила капот:

— Ти, Машко, просто чудова машина! І вірний друг. Якби не ти, ми б не виграли цих шалених перегонів.

Чи машина її чула? Звісно, чула. Однак, як завжди, не подавала вигляду.

Урочистості на цьому не скінчилися. Северин виструнчився, поправив на лівій кишені срібні шнури — відзнаку гурткового:

— Наталочко, — поважно мовив він. — Наш гурт порадився і вирішив нагородити тебе особливою пластунською відзнакою за відвагу.

Він прищепив їй на рукав пластунську нашивку. Дівчинка зарум'янилася від задоволення. Це було майже як медаль, а може, й краще.

Епілог

Музика лилася, мов кришталева ріка. У київській опері відкривався сезон — йшла вистава «Запорожець за Дунаєм». Наталочка сиділа в оббитому оксамитом кріслі, поруч була мама, тато й дядько Богдан, а увесь ряд справа займали львівські пластуни.

З директорської ложі часом визирало щось білувате: то був знайомий привид. Щоб не привертати зайвої уваги, він чемно ховався за шторкою.

Для повної компанії бракувало тільки Машки, проте й вона теж дістала винагороду: її заново пофарбували — звичайно ж, у червоний колір «корида», бо він гарний, життєрадісний і добре помітний на вербах.

Сцена була в блакитних сутінках, декорації зображали хатину над річковою широчінню. «Схоже на Хотин, — подумала Наталочка. — На той вечір над Дністром». Навіть місяць-молодик прозирав з намальованого неба.

З хати вийшла дівчина Оксана й заспівала про те, як вона чекає коханого козака Андрія. Наталочка чекала його не менше, адже в нього, в його руці... Але поки-що це секрет.

Аж ось Андрій вилетів з-за куліс — чорновусий, чорнобривий і палкий, мов іскра. Він заспівав, спонукаючи свою любу Оксану вертатися з Туреччини за Дунай, додому.

Раптом на сцену вискочили турки, що шукали козака-перебіжчика з України. Андрій вихопив шаблю — вона сяйнула, як вогонь! Справжня козацька шабля!

Артистам, що грали турків, цим разом повелося нелегко. Андрій був як вихор; він відбивався на всі боки; козацька шабля спадала на них, наче блискавка, наче кара, наче гнів самого Всевишнього. І хоч за дією турки мусили схопити героя, він був непереможний!

Глядачі гаряче аплодували. Вистава йшла прекрасно! Чудово співали солісти, могутньо звучав хор, артисти балету, мов на крилах, пурхали в танці, а проте було ще щось – поривне, пронимаюче. Те, що сильніше за смерть... Чи то шабля вогнистим зблиском запалювала дух лицарства? Наталочці здавалося, що справа таки в шаблі. Вона щосили плескала в долоні. Навколо вигукували: «Браво! Бравіссімо!» Співак вийшов на поклін на авансцену, і шабля в його правиці сяяла, як сонце.

Зміст

Розділ 1, у якому з'являється Машка 5
Розділ 2, у якому з'являється патріотично настроєний привид 11
Розділ 3, у якому з'являється елегантний незнайомець 20
Розділ 4, у якому плани несподівано міняються 33
Розділ 5, у якому ніхто не з'являється, натомість Наталочка пропадає 43
Розділ 6, у якому Наталочка бачить тривожні видіння на полі Берестецької битви 60
Розділ 7, у якому з Антипом стається дивовижне перетворення. 76
Розділ 8, у якому відбувається шалена гонитва і ще шаленіший бенкет 88
Розділ 9, у якому Олеський замок перетворюється на пастку 105
Розділ 10, у якому з Машкою стаються небезпечні дорожньо-транспортні пригоди 122
Розділ 11, у якому мандрівників підстерігають суцільні несподіванки 135
Епілог 154

Продовження захопливих і доволі небезпечних пригод Наталочки у книжці

«Дике літо в Криму»

УДК 821.161.2'06-32-93

Мензатюк Зірка.
М 50 ТАЄМНИЦЯ КОЗАЦЬКОЇ ШАБЛІ.
Пригодницька повість. — К.: А-БА-БА-ГА-ЛА-МА-ГА, 2022, нова редакція, вид. 6-те. — 160 с.
ISBN 978-617-585-169-2 (укр.)

«Таємниця козацької шаблі» — ця гостросюжетна повість відомої української письменниці Зірки Мензатюк увійшла до шкільної програми за 5-й клас.

Усе почалося з того, що в сімейства Руснаків з'явилася Машка — старенька, пошарпана, а все ж нічогенька машина. А далі один пришелепкуватий привид повідомив, що давня козацька реліквія може втрапити в погані руки... Шалені перегони, смертельні пастки, нові знайомства з класними й не дуже класними хлопцями, небезпечні, сповнені містики і захвату мандрівки стародавніми замками України у пошуках козацької шаблі... Не відірвешся, доки не дочитаєш.

Продовження захопливих і доволі небезпечних
пригод Наталочки
у книжці

«Дике літо в Криму»

УДК 821.161.2'06-32-93

Мензатюк Зірка.
М 50 ТАЄМНИЦЯ КОЗАЦЬКОЇ ШАБЛІ.
Пригодницька повість. — К.: А-БА-БА-ГА-ЛА-МА-ГА, 2022, нова редакція, вид. 6-те. — 160 с.
ISBN 978-617-585-169-2 (укр.)

«Таємниця козацької шаблі» — ця гостросюжетна повість відомої української письменниці Зірки Мензатюк увійшла до шкільної програми за 5-й клас.

Усе почалося з того, що в сімейства Руснаків з'явилася Машка — старенька, пошарпана, а все ж нічогенька машина. А далі один пришелепкуватий привид повідомив, що давня козацька реліквія може втрапити в погані руки... Шалені перегони, смертельні пастки, нові знайомства з класними й не дуже класними хлопцями, небезпечні, сповнені містики і захвату мандрівки стародавніми замками України у пошуках козацької шаблі... Не відірвешся, доки не дочитаєш.